西北民族大學新絲綢之路經濟帶校級規劃項目(xsczl201601)階段性
　成果

甘肅省人文社科重點研究基地"西北少數民族文學研究中心"系列
　成果

甘肅省一流特色發展學科"中國語言文學"(西北民族大學雙一流和特
　色發展引導資金資助項目10018704)資助出版

唐兀文人群體詩文創作搜集整理

多洛肯 等 著

人民出版社

责任编辑:王志茹

装帧设计:朱晓东

图书在版编目(CIP)数据

唐兀文人群體詩文創作搜集整理/多洛肯等 著.—北京:
人民出版社,2020.11

ISBN 978-7-01-020788-9

Ⅰ.①唐…　Ⅱ.①多…　Ⅲ.①古典诗歌-诗集-中国-元代

Ⅳ.①I222.747

中国版本图书馆 CIP 数据核字(2019)第 086181 号

唐兀文人群體詩文創作搜集整理

TANGWU WENREN QUNTI SHIWEN CHUANGZUO SOUJI ZHENGLI

多洛肯 等　著

人民出版社 出版发行

(100706　北京市东城区隆福寺街 99 号)

北京中兴印刷有限公司印刷　新华书店经销

2020 年 11 月第 1 版　2020 年 11 月北京第 1 次印刷

开本:710 毫米×1000 毫米 1/16　印张:16.75

字数:221 千字

ISBN 978-7-01-020788-9　定价:50.00 元

邮购地址:100706　北京市东城区隆福寺街 99 号

人民东方图书销售中心　电话:(010)65250042　65289539

目　錄

前　言

　　元代是一個民族文化交融和發展的時代。在蒙古族的統治下，色目階層文化空前繁榮，其中尤以唐兀文人爲甚。華化程度較深的唐兀文人在這場胡漢交融的變革中受益最深，同時他們也發揮自己的主觀能動性，通過文學創作來鞏固其族群力量、展示其族群風采。胡漢文化交融是一個雙向的過程，是相互滲透的。雖然蒙古族統治整個元朝，與長期占主導地位的漢文化發生衝擊碰撞，但更多地接受了漢文化的洗禮。

一、元代唐兀文人群體之陣容與文學創作風貌

　　唐兀者，故西夏國，自趙元昊據河西，與宋金相持者二百餘年。元太祖始平其地，稱其部衆曰"'唐兀氏'，仕宦次蒙古一等，其俗以舊羌爲蕃。河西陷沒，人爲漢河西，然仕宦者皆舍舊氏而稱唐兀云。元昊本出拓跋部落，唐末始賜姓李，宋初又賜姓趙，國亡，仍稱李。居賀蘭於彌部，又號於彌氏，或稱烏密氏，亦稱吾密氏"①。西夏國被蒙古消滅後，西夏民族并沒有隨之消亡，他

---

① （清）錢大昕：《元史氏族表》，中華書局1991年版，第56頁。

們仍然活躍在元代歷史的舞臺，甚至還充當著重要的角色。

　　唐兀長期與宋、遼等中原王朝並存，受其影響頗深。在長期的習儒過程中，唐兀人對儒家文化產生了濃厚的興趣，主動吸收儒家文化的營養，將其融合爲本民族文化的一部分，并深刻烙印在心中。西夏王國雖被消滅，但其儒學根基并未就此滅絕，反而隨著蒙古大軍入主中原日益深厚，出現了許多成就斐然的碩儒巨卿，形成了一個蔚爲壯觀的唐兀文人群體，他們因創作了大量詩文而名噪一時。可惜元代國祚較短、戰亂頻仍，許多文士的詩文作品來不及加工整理、刊刻出版，便毀於兵燹。據現有文獻和資料，有詩文作品流傳下來的唐兀文人有李峴、張翔、唐兀崇喜（一作"楊崇喜"）、余闕、買住、觀音奴、拜鐵穆爾、斡玉倫徒、昂吉、孟昉、賀庸、王翰、甘立、完澤①、郄經②、鄔密執理③、燮理俞詢④、琥璐珣（一作"虎璐珣"）⑤，共計十八人，詩三百三十二首，文八十九篇，小令八首，殘小令一首。

　　唐兀文人群體的文學創作，主要包括詩、文以及散曲等三種體裁。唐兀文人處在的獨特社會環境、地域環境乃至人文環境，勢必形成獨特的文學創作特徵，主要在以下兩個方面表現突出。

（一）創作題材廣泛且主旨多樣

　　自古"詩言志""詩緣情"，唐兀文人通過文學創作來表達各

---

　　①　多洛肯：《元明清少數民族漢語文創作詩文敘錄》，中國社會科學出版社 2014年版，第 48—111 頁。

　　②　（清）卞永譽：《式古堂書畫匯考》，影印文淵閣《四庫全書》第 829 冊，臺北商務印書館 1986 年版，第 254 頁。

　　③　（元）釋來復：《澹遊集》，《續修四庫全書》第 1622 冊，上海古籍出版社 2002年版，第 222 頁。

　　④　（元）周霆震：《石初集》，影印文淵閣《四庫全書》第 1218 冊，商務印書館1986 年版，第 470 頁。

　　⑤　（清）張豫章等：《御選元詩》卷七三，影印文淵閣《四庫全書》第 1441 冊，臺北商務印書館 1986 年版，第 632 頁。

自的審美情趣、政治立場，乃至對自身民族身份的標榜，故其反映的主旨與思想也不盡相同，形成了豐富的詩歌題材。總體來看，唐兀文人所作的詩歌主要是酬唱贈答、寫景抒情、關心時政、忠君愛國四個方面的内容。

酬唱贈答是每個詩人都不能回避的題材，他們或是表達思念，或是交流學習，於是帶動了文學的發展。例如甘立的《送張文煥安定山長》："春水生雪溪，輕舠去容與。東風吹白蘋，晴煙散芳渚。飛花著離筵，翔鷗逐柔櫓。酒闌意彌深，別至慘無語。緬彼嘉樹林，之人事簋俎。所望崇德業，前修有遺緒。"① 斡玉倫徒的《題西湖亭子寄徐復初檢校》："夫容花開一萬頃，錢塘最好是湖邊。曉風得酒更留月，春水到門還放船。笙引鳳凰天上曲，賦裁鸚鵡座中賢。令人却憶徐公子，深閣焚香日晏眠。"② 這是詩人和友人之間關系親密的體現，甘立在送別友人張文煥的場景裏，在酒酣之時竟"別至慘無語"，讓人不禁想到柳永的《雨霖鈴》（寒蟬淒切）裏的"執手相看淚眼，竟無語凝噎"③，可是詩人并没有沉浸在分別之苦中無法自拔，仍然寬慰友人"所望崇德業，前修有遺緒"，較之柳永一味低沉淒切之情，境界與胸襟陡然開闊，也展現了唐兀文人大度開闊之胸襟。而斡玉倫徒的詩歌則是典型的睹物思人、借景抒情之佳作。他看到了錢塘湖邊的芙蓉花盛開的景色，突然想到自己曾和友人在深閣焚香聊天之場景，於是詩人將自己的思念之情轉變爲詩歌，寄給好友徐復初。諸如此類的詩歌還有昂吉的《芝雲堂以藍田日煖玉生煙分韻得日字》："凉風起

___

① 多洛肯：《全元色目詩人詩歌作品輯校》，中國社會科學出版社 2016 年版，第 839 頁。

② 多洛肯：《全元色目詩人詩歌作品輯校》，中國社會科學出版社 2016 年版，第 739 頁。

③ （宋）柳永：《柳永詞集》，上海古籍出版社 2009 年版。第 24 頁。

高林，秋思在幽室。維時宿雨收，候蟲語啾唧。池浮荷氣涼，鳥
鳴樹陰密。主人列芳筵，況乃嚴酒律。客有二三子，題詩滿緗帙。
雙雙紫雲娘，含笑倚瑤瑟。清唱迴春風，靚妝照秋日。人生再會
難，此樂亦易失。出門未忍別，露坐待月出。"① 再如余闕與時人
互相唱和贈答的詩作也有很多，如《送鎦伯溫之江西廉使得雲字》
《送普原理之南臺御史兼東察士安》《別樊時中》《送危應奉分院
上京》《龍丘萇吟贈程子正》《送王其用隨州省親》諸詩，具有多
方面的含義。

　　寫景抒情之佳作，如拜鐵穆爾《溪山春晚》"興來無事上幽
亭，雨過郊原一片春。路失前山雲氣重，帆收遠浦客舟停。笛笙
野館二三曲，燈燭林坰四五星。坐久不堪聞杜宇，東風吹我酒初
醒"②，寫了自己因閑散無事而喝酒，趁著酒興便外出散步，但是
在休息過程中聽到杜宇的啼叫使得自己醒酒。借用"杜宇化鵑"
這個典故，不僅呈現了一幅溪山春晚圖，同時也將自己對國家的
憂心表達出來。反映類似內容的還有甘立的《松濤齋》："曾游海
上聽松風，積雪千峰水接空。細若鳳簫雙嫋嫋，雄於鼉鼓萬鼟鼟。
玉堂夜直蟾光裏，銀漢秋橫釰氣中。欲截斷槎采浩蕩，兩樵相對
此濤齋。虬龍夜捲波浪驚，樵人夜半窗戶扃。撫枕不寐振衣起，
碧雲擁月懸中庭，四面颯颯生秋聲。"③ 甘立將松濤齋附近的景色
細致地描繪出來，使人如身臨其境一般。表面上描繪的都是松濤
齋月下風吹松林之景，實際上詩人賦予其更深的蘊意，詩人想到

---

① 多洛肯：《全元色目詩人詩歌作品輯校》，中國社會科學出版社 2016 年版，第
744 頁。

② 多洛肯：《全元色目詩人詩歌作品輯校》，中國社會科學出版社 2016 年版，第
650 頁。

③ 多洛肯：《全元色目詩人詩歌作品輯校》，中國社會科學出版社 2016 年版，第
845 頁。

了岌岌可危的元王朝，表明自己對國家未來命運的擔憂與無奈之情。情景交融，蘊意豐厚。張翔的《七星巖》其一："仙李巖前問大還，碧沙瑤草水潺潺。虎隨客去春尋藥，龍作人來夜叩關。八桂月華連五嶺，七星雲寶接三山。洞天説有飛升處，只隔雲煙縹緲間。"① 這首詩可看作受道教文化影響的產物，道教中常用的"三山""七星""飛升"等詞相繼出現，景物描寫帶有神秘的色彩，想象奇譎，令人贊嘆。許有壬在《張雄飛詩集序》中評其"尤工於詩，佳章奇句，不可悉舉"②，是極爲精當的。琥璐珣《熙春臺》一詩是觸景生情之作，"亂峰東去奮蒼龍，一水西流走玉虹。向日熙春臺上樂，年來辜負幾東風"③。這首詩一、二兩句描山繪水，氣勢雄渾，贊美了嶺南壯麗的山水美景；三、四兩句筆鋒陡轉，寫春光易逝、人事滄桑之感。詩人回憶起昔日曾登熙春臺，嬉戲遊樂，多年未遊此臺，辜負了幾度歸去的美好春光。語言清新俊秀，意境高遠。懷春、惜春別開生面，意在懷人，寓意深遠。

關心時政是經常在詩歌中體現的，這也是詩歌所具有的現實功能。如觀音奴的《賑寧陵》"春糶老後麥秋前，馳驛親頒賑濟錢。屬邑七城蒙惠澤，饑民萬口得生全。荒村夜月聞春杵，破屋薰風見竈煙。聖主仁慈恩似海，更將差稅免今年"④，講述了在青黄不接的時節統治者頒賑濟錢的善舉，避免了餓殍滿地的慘景出現，歌頌了統治者關心百姓疾苦的仁愛之心，同時也反映詩人對國事

---

① 多洛肯：《全元色目詩人詩歌作品輯校》，中國社會科學出版社 2016 年版，第 227 頁。

② （元）許有壬：《至正集》卷三三，清宣統三年石印本。

③ （清）張豫章等：《御選元詩》卷七三，影印文淵閣《四庫全書》第 1441 册，臺北商務印書館 1986 年版，第 632 頁。

④ 多洛肯：《全元色目詩人詩歌作品輯校》，中國社會科學出版社 2016 年版，第 648 頁。

民生的關注。諸如此類還有他的《四見亭》：“臥麟山前江水平，臥麟山下望行雲。山雲山柳歲時好，江水江花顏色新。長江西來流不盡，東到滄海無回津。我欲登臨問興廢，今時不見古時人。”①他看到臥麟山周邊山水俱佳、花柳長新的美景，并沒有感到欣喜，反而產生一種更深的憂慮。歷朝歷代的興廢更替都會給人民帶來巨大的災難。詩人想到在元末政治黑暗的時期，戰亂頻仍、民不聊生，於是發出了憂國憂民的感慨。

　　說起忠君愛國，王翰和余闕是元末歷史上不得不提的忠臣烈士。王翰的《挽迷漳州》“黑雲壓城天柱折，長烽夜照孤臣節。劍血飛丹氣奪虹，銀章觸手紛如雪。丈夫顧義不顧死，泰華可摧川可竭。蕉黃荔丹酒滿壺，千載漳人酹嗚咽”②，寫出了對漳州失守的痛心，同時也高度贊揚了守城將士爲國捐軀的愛國精神。王翰的這首詩歌始終貫穿著對元王朝的忠義之誠，表達了一種匡時報國的慷慨英烈之氣。再如他的絕筆詩《自決》：“昔在潮陽我欲死，宗嗣如絲我無子。彼時我死作忠臣，義祀絕宗良可恥。今年辟書親到門，丁男屋下三人存。寸刃在手顧不惜，一死却了君親恩。”③簡短的幾句詩便概括了自己爲何苟存於世，而後又爲何殺身成仁的經過。受到儒學的影響，元亡時王翰并無子嗣，“不孝有三，無後爲大”的傳統倫理道德觀使得王翰隱忍苟活。後來王翰生子王偁，再加上不願侍奉新朝及爲了報答舊主的君恩，他才毅然做出了“一死却了君親恩”的壯舉。縱觀王翰的詩歌，幾乎都是歸隱

① 多洛肯：《全元色目詩人詩歌作品輯校》，中國社會科學出版社 2016 年版，第648 頁。

② 多洛肯：《全元色目詩人詩歌作品輯校》，中國社會科學出版社 2016 年版，第811 頁。

③ 多洛肯：《全元色目詩人詩歌作品輯校》，中國社會科學出版社 2016 年版，第811 頁。

山林所作，都反映了堅貞愛國之誠，因此清人顧嗣立評王翰"將
家子，有古烈士風。晚年隱忍林壑，尤以詩自娱"① 是極爲精當
的。余闕的《擬古·贈楊沛》"楊生仕州縣，謀國不謀身。一朝鮮
印綬，歸來但長貧。茅茨上穿漏，頹垣翳綠榛。空牀積風雨，蝸
牛止其巾。辛苦豈足念，殺身且成仁"②，將自己忠君愛國的精神
向友人傳達，可以看作余闕"捐軀赴國難，視死忽如歸"③ 的誓
詞。可見余闕愛國精神之崇高。唐兀崇喜在《報效軍儲》一文中
也表達了一樣的情懷，"伏惟崇德報功，固有國之先務，保後胥
感，誠往古之成規……但期天戈早息，生民獲安，此愚心之至願
也"④，將對元帝的感恩戴德表達得淋漓盡致，感情真摯，同時也
將自己公而忘私、爲民著想的意願具呈天子，這種精神讓人爲之
敬佩與讚頌。

(二) 風格多樣且顯文化交融特質

胡行簡說："海宇混合，聲教大同，光嶽之氣，冲融磅礴，而
人材生焉。西北貴族，聯英挺華，咸誦詩讀書，佩服仁義……至
元、大德間，碩儒鉅卿，前後相望。自近世言之，書法之美如康
里氏子山、扎刺爾氏惟中，詩文雄混清麗如馬公伯庸、泰公兼善、
余公廷心，皆卓然自成一家，其餘卿大夫士，以才諝擅名于時，
不可屢數。"⑤ 綜合考量，可發現唐兀文人的文學創作體現了儒家
文化與本民族文化交融的特質。這種特質也直接促成了其群體作

① （清）顧嗣立：《元詩選·初集》，中華書局 1987 年版，第 1749 頁。
② 多洛肯：《全元色目詩人詩歌作品輯校》，中國社會科學出版社 2016 年版，第
396 頁。
③ （魏）曹植：《曹植集校注》，人民文學出版社 1984 年版，第 412 頁。
④ （元）唐兀崇喜編，焦進文、楊富學校注：《述善集》，甘肅人民出版社 2001
年版，第 118 頁。
⑤ （元）胡行簡：《樗隱集》卷五《方壺詩序》，影印文淵閣《四庫全書》第
1221 册，商務印書館 1986 年版，第 143—144 頁。

品風格的多樣性。

　　他們的作品風格，既有慷慨激越，又有流麗閑婉；既有種族記憶的顯現，又因居住中原隨文而化。例如王翰的《自決》，懷念故國的忠心與寧死不事二主的決心在詩中表現得淋漓盡致，不僅飽含受漢族倫理道德影響爲元守節的精神，同時也體現了唐兀人不屈不撓的民族天性。余闕也有諸如此類的詩歌，如《白馬誰家子》化用曹植的《白馬篇》，諷刺元末無德無能的貴族子弟不思進取的紈綺行爲，結尾句引用春秋戰國時安於貧賤卻流傳青史的齊國隱士黔婁爲典，告誡衆人也告誡自己，要安貧樂道才能有所作爲，顯然打上了儒家文化的烙印。燮理俞詢有七言詩《孤隼歎》存世，系爲諷刺州同知托歡達實蠻"挾奸吏，玩寇營私"①，抒發自己鬱鬱不得志之情緒所作，顯然也是受到了儒家求仕文化的影響。張翔的《洛陽懷古四首》《杜甫祠》，通過詠古懷今表明自己愛國之情懷，愛國之情至真至純，發人深思。

　　受漢文學的影響，唐兀文人群體的詩歌體現出清麗閑婉的一面。例如余闕的絕句幾乎皆是佳作，如《呂公亭》"遠岫雲中沒，春江雨外流"②、《宴晴江山拱北樓》"樹色青樽綠，荷花女臉紅"③、《題劉氏聽雪樓》"蔭向曲池好，聲惟雪夜清"④。清代四庫館臣評價："其詩以漢魏爲宗，優柔沉涵，於元人中別爲一格。"⑤

---

①　（元）周霆震：《石初集》，影印文淵閣《四庫全書》第1218冊，商務印書館1986年版，第470頁。

②　多洛肯：《全元色目詩人詩歌作品輯校》，中國社會科學出版社2016年版，第384頁。

③　多洛肯：《全元色目詩人詩歌作品輯校》，中國社會科學出版社2016年版，第385頁。

④　多洛肯：《全元色目詩人詩歌作品輯校》，中國社會科學出版社2016年版，第383頁。

⑤　（清）顧嗣立：《元詩選·初集》，中華書局1987年版，第1736頁。

詩歌清新秀麗，優柔沉涵，已與漢儒詩歌無異。顧嗣立說他"詩體尚江左，高視鮑、謝，徐、庾以下不論也"[3]1736，評價確切精當。郝經的五言律詩《題澄碧樓》："燕入雨侵簾，鷗棲月近簷。白紵三泖曲，青隱九峰尖。夏簟風漪展，春醪雪乳拈。元龍憐遠客，高卧想無嫌。"① 語言清秀，風格婉轉閑適。再如甘立《送客賦得城上烏》："月落城上樓，烏啼樓上頭。一啼海色動，再啼朝景浮。馬鳴黄金勒，霜滿翠羽裘。烏啼在故處，人生多去留。"② 情景交融，富含哲理，已脱去少數民族原有淺顯易懂之詩風。唐兀崇喜僅留存下來一首《〈唐兀公碑〉賦詩》："欲鐫金石紀宗枝，特特求文謁我師。爲感恩親無可報，且傳行實後人知。"③ 這首詩反映了唐兀崇喜的儒家思想，正如漢族世家修撰家譜、傳承家風的傳統一樣，他也希望後世子孫能够時刻將祖宗的精神銘記在心，也希望自己的家族能够門楣光耀，才寫了這首滿懷感激與期望的詩歌。言語雖然質樸，但感情真摯，拳拳之心與期盼之情令人動容。

綜上所述，我們可以看出元代唐兀文人取得了較爲突出的文學成就，同時也展現出唐兀文人群體漢語文創作的基本特徵。在由西域遷入中原的文明進程中，唐兀文人的文學創作水準日益提高，儒家文化的影響與本民族文化的特質交融滲透，使他們的文學作品在題材和風格上別具一格。

---

① （明）沐昂：《滄海遺珠》卷一，影印文淵閣《四庫全書》第 1372 册，商務印書館 1986 年版，第 453 頁。

② 多洛肯：《全元色目詩人詩歌作品輯校》，中國社會科學出版社 2016 年版，第840 頁。

③ （元）唐兀崇喜編，焦進文、楊富學校注：《述善集》，甘肅人民出版社 2001 年版，第 153 頁。

二、元代唐兀文人群體興起之成因

文化從來不是孤立、單獨存在的，精神文化的發展、繁榮必須要有穩定的政治環境與經濟基礎的支撐，政治和經濟對文化有深遠的影響和制約作用。唐兀文人群體之所以能夠創造出如此令人矚目的詩文創作景觀，從外部條件來說不可避免地受到了地理環境、元代的特殊民族政策以及王朝統治者注重文化交融的影響，主要有以下幾個方面。

第一，地理環境是唐兀文人習儒的客觀要求。

地理環境是人類社會賴以生存和發展的客觀條件，同時也為文學創作提供場所和空間，在一定程度上決定了文學創作的規模、題材等。歷史進程中某些特點的形成與地理環境密切相關，唐兀文人群體之所以能興起，根源之一便在此。西夏時期，其境內的地理環境和生態環境較為惡劣。自然條件決定西夏經濟以畜牧業為主，農業所佔比重不大，基礎較為薄弱，與中原地區互通有無、發展周邊貿易，成了西夏生存的必由之路，因而西夏對中原王朝有著很強的依附性。地理環境決定著社會環境，在此情況下，學習漢文化就成為重要社會風氣，這也是唐兀文人本身具有良好的文化素養的根源所在。再加上元朝建立，國家統一，民族融合，經濟發展復甦，都為文學創作提供了一個相對安寧的環境。

第二，元朝開放的政治思想、特殊的民族政策提供了良好的社會大環境。

有元一代，忽必烈"天下一家"的政治思想消除了民族對立的藩籬，為儒學的傳播提供了一定的土壤，胡漢交融的進程與廣度得到空前提高與延伸。雖然在蒙古族佔據統治地位的初期，長期佔領統治地位的中原正統文化，尤其是儒家思想，受到了衝擊和壓制。但是，元代是中國古代史上相當開放的時期，在排斥與接受的過程中最終選擇了接受先進文化，儒家思想是其中最爲主要的部分。從科舉入仕情況和學校制度規定，也可以窺見政治因素對唐兀文人群體興起的作用。

科舉是歷代王朝選拔人才的重要手段。雖然元朝科舉偶爾中斷，但是不得不承認，科舉入仕比軍功入仕容易得多，這就是爲什麼元朝後期科舉入仕的色目人占據多數。據元代陶宗儀《南村輟耕錄》卷一《氏族》，屠寄《蒙兀兒史記》，柯劭忞《新元史》，桂棲鵬、尚衍斌《元代色目人進士考》，湯開建《增訂〈元代西夏人物考〉》以及蕭啓慶《元代進士輯考》所統計，有歷史記載的唐兀人共有四百六十一位。又據《廟學典禮》①、陳高華《元泰定甲子科進士考》②、沈仁國《元泰定丁卯科進士考》③、蕭啓慶《元代進士輯考》④，其中以科舉登上仕途者達二十一人之多（見下表）。

唐兀進士群體簡表

姓名	科考時間及名次	主要史源
張翔	延祐二年（1315）乙卯科進士	《至正集》卷三三，《伊濱集》卷一〇，（至正）《金陵新志》卷六
溥華	延祐進士第五名⑤	《粵西文載》卷二六

①　王頲點校：《廟學典禮（外二種）》，浙江古籍出版社 1992 年版。

②　見南京大學元史研究室編：《內陸亞洲歷史文化研究——韓儒林先生紀念文集》，南京大學出版社 1996 年版。

③　見《元史及民族史研究集刊》第 15 輯，南方出版社 2002 年版。

④　臺北"中央研究院"2012 年版。

⑤　按：原文記"延祐四年进士"，此年未有开科，应为延祐二年或五年之讹。

续表

姓名	科考時間及名次	主要史源
斡玉倫徒	約延祐間①	《道園學古錄》卷四、三一、三六、三九，（至正）《金陵新志》卷六，《危太僕集》卷二，《書史會要》卷七，《圭齋文集》卷一三
天佑	泰定元年（1324）甲子科進士	（萬曆）《杭州府志》卷五六，《金華黃先生文集》卷一〇
師孛羅	泰定元年甲子科	《待制集》卷一〇
安住	泰定元年甲子科 ②	（嘉靖）《內黃縣誌》卷九
孔安普	存泰定元年甲子科及至順元年（1330）庚午科兩説	（民國）《台州府志》，（雍正）《浙江通志》，（乾隆）《諸暨縣誌》
教化	泰定四年（1327）丁卯科	（正德）《大名府志》卷一〇，《吳文正公集》卷三三，《浚縣金石錄》卷下
觀音奴	泰定四年（1327）丁卯科	《蒲室集》卷五，《傅與礪詩集》卷七，（至正）《金陵新志》卷六，《元史》卷一九二，《元詩選·癸集》
美里吉台	至順元年（1330）庚午科	《秘書監志》卷一〇，《金石萃編未刻稿》卷下
余闕	元統元年（1333）癸酉科一甲第二名	《元史》卷一四三，《文憲集》卷一一，《元統元年進士錄》，《續修廬州府志》卷五八，《草木子》卷四
懋仙普化	元統元年癸酉科二甲第五名	《元統元年進士錄》
買住	元統元年癸酉科二甲第六名	《元統元年進士錄》，（光緒）《松陽縣誌》卷一一，《元詩選·癸集》己上
伯顏	元統元年癸酉科二甲第九名	《元統元年進士錄》，（至正）《四明續志》卷二
丑閭	元統元年癸酉科二甲第十三名	《元統元年進士錄》，《元史》卷一九五，《梧溪集》卷四

---

①　因史料不詳，學界目前尚未知斡玉倫徒進士及第之科次。虞集記因延祐間荆王重修涼州廟學，斡道沖畫像佚失，斡玉倫徒因此來求虞集爲其祖父所臨摹之斡道沖畫像作跋［元］）虞集《道園學古錄》卷四《西夏相斡公畫像贊》，《四部叢刊》本）。此時斡玉倫徒已爲奎章閣典籤，故推補斡玉倫徒登科或在此間。

②　（明）唐錦：《大名府志》卷六《官守志》記載“安住，西夏人，泰定三年進士”（《天一閣明代方志選刊》，上海古籍出版社 1981 年版），《元代色目進士考》第 77 頁注 101 認爲“泰定三年無會試，誤，故作泰定四年，俟考”，《增訂〈西夏人物表〉》第 211 頁亦作泰定四年。按《安住去思碑》載“泰定丙寅（即泰定三年），縣監安住實來”，又按《元朝泰定元年與四年進士輯錄》載“等第後授承事郎內黃縣達魯花赤”，可知安住中進士以後才以縣監的職務來到內黃縣，《大名府志》誤將上任之時與中進士之時等同。安住實爲泰定元年進士。

续表

姓名	科考時間及名次	主要史源
明安達爾	元統元年癸酉科三甲第六名	《元統元年進士錄》，《元史》卷一九五
安達刺	元統元年癸酉科三甲第七名	《元統元年進士錄》
塔布台	元統元年癸酉科三甲第十六名	《元統元年進士錄》，《元史》卷九四
高昂吉	至正八年（1348）戊子科	《丹崖集》卷八，《草堂雅集》卷一〇，（洪武）《蘇州府志》卷一三，（弘治）《温州府志》卷一三
吳邁古思	至正十四年（1354）甲午科第十九名	《文憲集》卷九，《九靈山房集》卷一，《元史》卷一八八，《南村輟耕錄》卷一〇
張長吉	至正十四年甲午科	（萬曆）《杭州府志》卷五〇，《梧溪集》卷四、五

在學校制度規定上，由於元朝政府爲“永保蒙古人之優越地位爲目的”①，實行了針對蒙古和色目人的文教優待政策。據《元史·選舉志·學校》關於元朝國子學的記載可窺一二：

（世祖至元二十四年）其生員之數，定二百人，先令一百人及伴讀二十人入學。其百人之内，蒙古半之，色目、漢人半之。武宗至大四年秋閏七月，定生員額三百人。冬十二月，復立國子學試貢法，蒙古授官六品，色目正七品，漢人從七品。仁宗延祐二年秋八月，增置生員百人，陪堂生二十人……以四十名爲額，内蒙古、色目各十名，漢人二十名。歲終試貢，員不必備，惟取實才……學正、錄歲終通行考校應在學生員，除蒙古、色目別議外，其餘漢人生員三年不能通一經及不肯勤學者，勒令出學。②

從數量上看，蒙古、色目、漢人錄取的名額一樣，實際上蒙

---

① 蒙思明：《元代社會階級制度》，上海人民出版社 2006 年版，第 65 頁。
② （明）宋濂：《元史》，中華書局 1976 年版，第 2029—2031 頁。

古、色目錄取的幾率比漢人的大得多，元朝總人口數一般在六千三百五十萬上下，其中蒙古人僅四十多萬，色目人一百五十萬左右，而漢人、南人總人口數超過六千萬，可見漢人、南人在入學科舉上的競爭之激烈；從政策上看，"除蒙古、色目別議外，其餘漢人生員三年不能通一經及不肯勤學者，勒令出學"，對待蒙古、色目寬松得多，而對待漢人、南人則比較苛刻；從科舉難度看，鄉試"八月二十日，蒙古、色目人，試經問五條，漢人、南人，明經經疑二問，經義一道。二十三日，蒙古、色目人，試策一道，漢人、南人，古賦詔誥章表内科一道。二十六日，漢人、南人，試策一道"，御試"漢人、南人，試策一道，限一千字以上成。蒙古、色目人，時務策一道，限五百字以上成"①。而這些優待政策無疑對蒙古、色目生員學習漢學起了巨大的激勵作用。此外，"蒙古、色目人，願試漢人、南人科目，中選者加一等注授"② 的規定，使斡玉倫徒等唐兀部族文人受益頗深。由此可見，元朝特殊的民族政策給唐兀文人的生活和創作都提供了相對有保障的條件。

而元朝爲唐兀人提供特殊的民族政策也不是沒有原因的。蒙元統治時期，唐兀一族以英勇善戰而著稱，"戰鬥中互相配合，騎兵爲前軍，衝突敵陣，挽弓射箭，其矢如雨。步兵〇騎以進，使敵方無阻擋之力，故每戰必勝"③。在歸順蒙古後，西夏人的尚武精神贏得了蒙古統治者的信任，越來越得到蒙古統治者的賞識與重用，以軍功入仕的唐兀人很多，如窩闊台統治時期就曾訪求河西故家子弟之賢者。元世祖忽必烈也説："以西夏子弟多俊逸，欲試

---

① （清）錢大昕：《元史氏族表》，中華書局 1991 年版，第 2020 頁。
② （清）錢大昕：《元史氏族表》，中華書局 1991 年版，第 2019 頁。
③ 樊麗沙、楊富學：《論西夏人的尚武精神》，《青海民族學院學報》2008 年第 3 期，第 68 頁。

用之。"① 例如故西夏國族李惟忠家族，隨從宗王移相哥 "經略中原，有功。淄川王分地，以惟忠爲達魯花赤，佩金符"②，於是"始家淄州長白山下，故今爲淄州人"③。李氏在淄川定居後，其子李恒任宣武將軍、益都淄萊新軍萬戶，隨從伐宋④。其曾孫李屹，曾爲棲霞縣達魯花赤。再如唐兀崇喜家族，其曾祖唐兀臺因軍功選爲彈壓，其祖閭馬在與南宋 "圍襄取樊" 一役中軍功卓越，"奉旨選充左翊蒙古侍衛親軍……後追贈敦武校尉軍民萬戶府百夫長"⑤，其父唐兀達海官至忠顯校尉、左翊蒙古侍衛百夫長，唐兀崇喜則官至 "蒙樞密院奏充本衛百戶，受敦武校尉"⑥，後世子孫基本承蔭祖上軍功，多爲百戶官職。類似李惟忠、唐兀崇喜以軍功獲取政治地位的還有察罕、張掖也蒲氏等家族。唐兀部族就是通過這種投歸、建勳以及子孫承蔭的方式爲自己爭取穩固的生存空間的。

考察元代唐兀文人群體興起的因素，從内部推動力來説，與其獨特的民族特質、本身所具有的文化素養以及文人自身的努力緊密相關，主要有以下幾個方面。

第一，唐兀民族的特性決定了其在接受漢文化的觀念上始終保持主動吸收。

唐兀民族不同於色目康里、欽察等遊牧民族在蒙元初期由於接

---

① （明）宋濂：《元史》，中華書局 1976 年版，第 3255 頁。

② （明）宋濂：《元史》，中華書局 1976 年版，第 3156 頁。

③ （元）柳貫：《待制集》卷九《李武潛公新廟碑銘并序》，影印文淵閣《四庫全書》第 1210 册，臺灣商務印書館 1986 年版，第 321 頁。

④ （明）宋濂：《元史》，中華書局 1976 年版，第 3156 頁。

⑤ （元）唐兀崇喜編，焦進文、楊富學校注：《述善集》，甘肅人民出版社 2001 年版，第 49 頁。

⑥ （元）唐兀崇喜編，焦進文、楊富學校注：《述善集》，甘肅人民出版社 2001 年版，第 140 頁。

受儒學歷史短而致文化水準較爲落後。唐兀長期與宋、遼等中原王朝並存，政治文化與中原相接壤，受其影響頗深。夏崇宗時，"始建國學，設弟子員三百，立養賢務以廩食之"，仁宗在位時又"重大漢太學""尊孔子爲文宣帝""策舉人，始立唱名法""復建內學，選名儒主之"①，故史稱"涼州雖地居戎域，然自張氏以來，號有華風"②，以至"區區河右，而學者埒於中原"③。元人胡三省云："永嘉之亂，中州之人士避地河西，張氏禮而用之，子孫相承，衣冠不墜，故涼州號爲多士。"④ 陳垣總結說："唐兀去中國最近，其地又頗崇儒術，習睹漢文，故入元以來，以詩名者較他族爲衆。"⑤ 因此，在長期的習儒過程中，唐兀人對儒學文化產生了向心力，雖然西夏王國被蒙古大軍消滅，但是其儒學根基并未就此滅絶，反而隨著蒙古大軍入主中原日益深厚，所以唐兀湧現出一批學養深厚、精通漢文并用漢文進行詩文創作的家族文學士子。

第二，唐兀文人注重與儒士的交遊唱和，形成了多族士人圈，自身努力明顯。

爲將對儒學的向心力外化，擴大個人、家族乃至唐兀部族的影響力，唐兀人還積極地同當地漢儒大家相交來往，以實現經濟、政治、文化地位上的穩固。比如王翰（那木罕）寓居廬州（今安徽合肥）之時，就與吳海、劉子中、戴希文等地方文士交好。吳海，字朝宗，閩縣人，以學行稱，與永福王翰善。翰嘗仕元，海

---

① （元）脱脱等：《宋史》卷四八六《夏國傳下》，中華書局1976年版，第14019—14025頁。

② （北齊）魏收：《魏書》卷五二《胡叟傳》，中華書局1974年版，第1150頁。

③ （唐）李延壽：《北史》卷八三《文苑傳》，中華書局1974年版，第2778頁。

④ （宋）司馬光：《資治通鑒》卷一二三宋文帝元嘉十六年（439）十二月條胡三省注，中華書局1976年版，第3877頁。

⑤ 陳垣：《元西域人華化考》卷四《文學篇》，上海古籍出版社2000年版，第59頁。

數勸之死，翰果自裁。海教養其子俌，卒底成立，爲文嚴整典雅，後學鹹宗仰之，有《聞過齋集》行世。[①] 吳海撰寫《王世家譜序》《友石山人墓誌銘》等文，可見二人關系之親密。余闕和貢師泰二人十分交好。貢師泰（1298—1362），字泰父，寧國宣城（今安徽）人，歷任應奉翰林文字、吏部侍郎、禮部尚書、戶部尚書等職，有《玩齋集》行世。余闕作《貢泰父文集序》一文，講述二人因"迂"成爲知己以及交往的經過，友好關系非同一般。故西夏國族李峴也與漢族大儒吳澄、柳貫、許有壬、虞集等交好。許有壬（1287—1364），字可用，湯陰人，延祐二年（1315）進士，初授遼州同知，累遷南台御史、中書左丞、翰林承旨、御史中丞等職，仕至集賢大學士，有《至正集》《圭塘小稿》傳世。許有壬有《玉燭新·題李伯瞻〈一香圖〉次韻》，惟妙惟肖地再現了李峴畫作的細節。可見，二人不僅是同僚，更是因情趣愛好一致而有詩文酬贈、畫作鑒賞等藝術方面交流的好友。

　　文士們主要通過交遊唱和、會聚宴飲的方式與漢儒大家進行交流。例如昂吉的很多詩歌都是在參加玉山草堂主人顧瑛所舉辦的文人雅士的聚會上所作，往往幾十個人按照一個韻在規定時間內完成一首詩，然後互相品評。類似的聚會上往往有若干位唐兀文人，他們創作的詩文也常受到高度贊賞，這說明他們已經成爲漢人高級文化圈的一部分。這種文學形式不僅加強了多族士人間的交流，也促進了當時文學的發展，具有特殊的意義，同時也證明了作爲唐兀氏人的昂吉在上層文士圈中是毫不遜色的。再如邜經，與元末名士的交遊唱和、會聚宴飲，恰爲其文學作品的創作提供了環境。至正二十年，邜經與顧阿瑛、倪宏、秦約、於立、朱珪

---

① （清）張廷玉：《明史》卷298《隱逸傳》，中華書局1976年版，第7627頁。

等十二人集會於顧仲瑛綽山祖塋旁所自營之金粟塚，"是集主客凡十有二人，爲詩者八人，詩不成者四人"①，邾經賦詩一首。《婁東述懷寄玉山》一首，描述的是其與玉山諸友之間詩文唱和、談詩論藝、流連勝景之事，中有"十年今幾遇，早歲故相知""水西春酒熟，花下晚尊移。聯句應題竹，留餐更折葵""爲説饒清事，從遊盡白眉。載觀名勝集，多是故人詩"② 之句，從語氣、內容來看，邾經爲玉山草堂常客，且與諸友經常往來，同氣相求、品藝相當、志同道合、情誼深厚。除此之外，邾經還相繼爲朱珪印集《方寸鐵》作詩、爲夏庭芝《青樓集》作序，大大小小的題詩作序，也豐富了作品的產量。在交遊的過程中，詩歌體裁也得到了豐富。邾經《舟中聯句》一詩，就是在與邵復孺乘舟赴澄江途中觸景生情，創作的聯句詩。

除了交遊唱和，唐兀文人還通過姻親、師生交流等其他一些方式來擴大與儒士的交往，如唐兀崇喜之子理安娶了征士奉議大夫翰林待制伯顏宗道的女兒哈剌魯氏，遂結爲姻親關系，使得其家族力量進一步擴大，地位進一步提升。余闕喜教導弟子，"每解政，開門授徒，蕭然如寒士"③。漢族名士郭奎、王彝、胡翰、汪廣洋、戴良都是其高足。他們從余闕處學習詩法、操行，余闕也在與弟子們的交流中教學相長，常從吳澄弟子張恒遊。由此可以看出，唐兀文人通過在社交網絡中結識漢儒大家和上層社會名流，便可將個人文學乃至族群文學發揚光大。在我國文學發展史上，產生過一些文人群體，如竹林七賢、竟陵八友等，都頗負盛名。

---

① （明）趙琦美：《趙氏鐵網珊瑚》卷十四《金粟塚中秋日燕集後序》，影印文淵閣《四庫全書》第 815 冊，臺灣商務印書館 1986 年版，第 741 頁。

② （清）錢熙彥：《元詩選·補遺》，中華書局 2002 年版，第 504—505 頁。

③ （明）宋濂著，黃靈庚編輯校點：《宋濂全集》第 1 冊，人民文學出版社 2014 年版，第 326 頁。

這些文人群體之所以影響很大，除了他們所取得的輝煌成就外，還由於他們世居中原，部分或全體成員出身於漢族的名門望族，或在朝廷居於顯赫地位。這使得他們從小就受到漢文化的良好薰陶，書香世家的環境爲他們的成長提供了足夠的藝術營養，因此這些團體的出現是不足爲奇的。而唐兀文人群體的成就雖不及他們高，影響也不及他們大，卻自有令人刮目相看之處。

唐兀文人群體孕育於漢文化豐厚的藝術土壤，產生之後反過來又有力地促進了漢文化的傳播，加強了胡漢文化的交流，並逐漸深入到中下層人民之中，較大地提高了蒙古族人民和色目人的思想文化素質，爲後世蒙漢文學的交融與人民群衆的交流奠定了一定的基礎。其創作樣式也由詩逐漸擴展到文、散曲等其他文學體裁，一部分作品有幸得以刊印傳世，爲後人保留了珍貴的文學遺產。

唐兀文人所取得的成就，不僅是自身努力的結果，也是唐兀文學同漢文學及其他民族文學交流碰撞的結晶。文人間的交遊唱和，尤其是多族士人間的交流，使文學的交融得到了長足的發展，加強了多民族之間的文化認同。他們將這種認同感運用到文學創作上，繼而通過讀者之眼、之聲傳播開來，促進了文學的發展，也豐富了中華文學的内容，在中國文學發展史和文化發展史上都具有重要的意義。與此同時，也促進了胡漢交融的發展，從而鞏固了政權統治、維護了社會穩定。

綜上所述，研究唐兀文人的生平事蹟和漢文學創作，不僅揭開了唐兀文學發展史上嶄新的一頁，還可以考察當時唐兀民族的政治歷史、文化風貌，而且對深入研究元代其他民族文化提供借鑒，對中華文化多元一體格局的建構和各民族的團結與融合具有重要意義。

校點凡例

一、本書收錄元代色目唐兀文人十八人的作品，詩共計三百三十一首，文八十九篇，小令八首，殘小令一首。

二、本書基本按照作家行年先後順序排列，僅知大概時期的詩人歸入元初期、元中期、元後期三個時段。行年不明，或有異説者，基本按照文獻出處，列在本書末尾。對身處兩朝的詩人來説，主要依據其身份和文學創作予以歸納，如雖然王翰的文學創作始於明朝，但他誓死不降明，仍將其歸爲元朝人。

三、本書不僅編錄各體詩、文，同時也將詞曲納入編錄範圍內，其中斷句、殘句、殘小令等亦編入此書，放在每位詩人作品之末。

四、曾收在聯句詩創作參與者各自別集中的聯句詩，僅據原始文獻（元詩別集、總集）出處分別予以保留。并見同一文獻的聯句，暫編在首倡者名下。

五、同一詩題之下有多首詩，有二級標題的予以保留。原以“其一”“其二”“又”排序者，除有題注者外，全部略去“其一”“其二”“又”等文字，按原順序編排。

六、元詩文別集，一般不止一個版本傳世。對版本的選擇，主要擇善而從之。有些版本雖然刊刻較早，但是在傳世過程中有殘缺、漫漶、倒錯等不足，則選擇內容完整者爲底本。

七、元詩文別集中所錄出的他人唱和等有關詩篇，凡是在序跋中有所作的引據，一般予以保留。僅在詩篇之後附錄的他人篇章，則予以刪除，另編在其人名下。

八、作家小傳，不僅述其生平、著述及資料來源，還對作品、版本等狀況做了考證，并引入其他文人對其評價之言，以求全面詳盡。

九、作家小傳後面附有點校説明。按照詩、詞、曲分開説明編錄其作品時依據的底本與校本，以及所參考的作品情況。

十、對原始文獻中重出、誤收的作品，作了取捨判斷，并在相應的位置上作了説明。詩歌作品的輯補主要是依靠《詩淵》《永樂大典》《文翰類選大成》等總集，以及類書和地方史志等文獻。凡是流傳有序的總集、別集對詩歌所屬有不同著錄或重出者，據有關文獻采取刪除一方或兩存待考的處置方式。對於判斷取捨較複雜者，兩存待考，并分別注明互見所在。

十一、編撰過程中，按照古籍整理通例對錄入作品作了標點與校勘，底本中的自注、原注均予以保留。

十二、整理者所作的校記或按語，均附錄在作品之後。校記包括異文、正誤、補缺、拾遺等。對校本的選擇，擇要而從。按語則針對文獻歸屬，提供整理路徑。

薛徹干

　　薛徹干，生卒年不詳。又名徹徹干，漢名李屺、李伯瞻，伯瞻是其字，號熙怡。中書左丞李恒之孫，江西平章政事散木臺（李世安）之子。元代散曲作家。據孫楷第《元曲家考略》云，其先西夏人，唐末賜李姓。因其曾祖李惟忠官益都淄萊軍民都達魯花赤，占籍淄川。後其祖李恒拜中書左丞，移省湖廣。父李世安爲江西行中書省平章政事。薛徹干泰定間爲翰林直學士，天曆間任兵部侍郎。薛徹干博學能文，精通蒙漢兩種語言文字，並擅長詞曲、書畫。

　　薛徹干生平事蹟在元代吳澄《吳文正公集》卷四十二《元故榮祿大夫江西等處行中書省平章政事李公墓志銘》、元代柳貫《柳待制文集》卷十二《武德將軍劉公墓表》、《元史》卷一二九《李恒傳》、孫楷第編《元曲家考略》等中均有記述。

　　薛徹干著作詳情不見記載，散曲存有小令【雙調】《殿前歡·省悟》七首，殘曲一首，均載於《太平樂府》。朱權《太和正音譜》將其列入"詞林英傑"一百五十人之中。

　　此次點校以《四部叢刊》影印元刊九卷本《太平樂府》爲底本，以元刊八卷本《太平樂府》、瞿氏鐵琴銅劍樓藏明刊本《太平樂府》爲校本，共計小令七首，殘小令一首。

小令

【雙調】殿前歡·省悟

去來兮，黃花爛熳滿東籬。田園成趣知閑貴，今是前非，失迷途尚可追。回頭易，好整理閑活計。團欒燈花，稚子山妻。

去來兮，黃雞啄黍正秋肥。尋常老瓦盆邊醉，不記東西。教山童替説知，權休醉[1]，老弟兄行都申意。今朝溷擾，來日回席。

去來兮，青山邀我怪來遲。從他傀儡棚中戲，舉目揚眉，欠排場占幾回。癡兒輩，參不透其中意。止不過張公喫酒，李老如泥。

到閑中，閑中何必問窮通。杜鵑啼破南柯夢，往事成空。對青山酒一鐘，琴三弄，此樂和誰共。清風伴我，我伴清風。

駕扁舟，雲帆百尺洞庭秋。黃柑萬顆霜初透，綠蟻香浮，閑來飲數甌。醉夢醒時候，月色明如晝。白蘋渡口，紅蓼灘頭。

好閑居，百年先過四旬餘。浮生待足何時足，早賦歸歟，莫遑遑盼仕途。忙回步，休直待年華暮。功名未了，了後何如。

醉熏熏[2]，無何鄉里好潛身。閑愁心上消磨盡，爛熳天眞。賢愚有幾人，君休問，親會見漁樵論。風流伯倫，憔悴靈均。

校記：

【1】醉，元刊八卷本《太平樂府》及瞿藏明本《太平樂府》皆作"罪"。

【2】熏熏，元刊八卷本《太平樂府》及瞿藏明本《太平樂府》皆作"醺醺"。

殘小令

【雙調】殿前歡

水雲鄉、一鈎香餌釣斜陽。眉尖不掛閑思想。

張翔

　　張翔，字雄飛，一字行。唐兀氏，元代河西詩人。元仁宗延祐二年（1315）登進士第，歷任西台御使，浙東、湖南廉訪使僉憲等官。

　　生平事蹟在元代張鉉《至正金陵新志》卷六下，元代許有壬《至正集》卷二〇《考官王師魯博士，監試張雄飛御史，皆同年也，因成鄙句，以寫舊懷》、卷三十三《張雄飛詩集序》，元代王沂《伊濱集》卷一〇《寄南台張雄飛》，元代王元恭《至正四明續志》卷一，明代張維新等《華嶽全集》，明代楊慎《升庵詩話》，清代王昶《金石萃編未刻稿》，清代屠寄《蒙兀兒史記》，陳衍輯《元詩紀事》卷一四，周紹祖編《西域文化名人志》，李修生主編《全元文》，李明編《羌族文學史》，王叔磐編《元代少數民族詩選》中均有記載。

　　《元詩紀事》卷一四錄詩一首《岳陽樓》。清代顧嗣立、席世臣編《元詩選·癸集》收錄其詩《耒陽懷古》《岳陽樓》《杜甫祠》三首。《永樂大典》卷九〇〇錄有許氏與張翔唱和詩《雄飛和詩未至以二口號速之》《雄飛喜作詩二例禁不得相見作此調之》《雄飛有詩次其韻》等篇。《全元文》收錄其文《請建儲》《請立御史臺》《諫止數赦》三篇，輯錄于明崇禎刻本《歷代名臣奏議》。

　　許有壬《張雄飛詩集序》評其"尤工於詩，佳章奇句，不可悉舉"。楊慎《丹鉛總錄》卷二一"岳陽樓詩"條云："余昔過岳陽樓，見一詩云：'樓上元龍氣不除，湖中范蠡意何如。西風萬里一黃鵠，秋水半江雙白魚。鼓瑟至今悲二女，沉沙何處弔三閭。朗吟仙子無人識，騎鶴吹簫上碧虛。'乃視其姓名，則元人張翔，字雄飛，不知何地人也。雄飛在元不著詩名，然此詩實可傳。同時虞伯生、范德機皆有岳陽樓詩，遠不及也。故特表出之。"

　　此次詩的點校，《題杜子美墳》《耒陽懷古》《七星巖》以中華書局 1959 年影印《永樂大典》爲底本，其中《題杜子美墳》《耒陽懷古》以清嘉慶三年席氏掃葉山房刻本《元詩選·癸集》爲校本，《七星巖》以清嘉慶三年席氏掃葉山房刻本《元詩選·癸集》和清康熙四十三年汪氏梅雪堂刻本《粵西詩載》爲校本；《岳陽樓》以明［1368—1644］刻本《升庵詩話》爲底本；《華山二首》以明萬曆丁酉二十五年（1597）刻本《華嶽全集》爲底本；《洛陽懷古四首》以上虞羅振玉 1918 年影印本《金石萃編未刻稿》爲底本；《碧雞山》以清嘉慶三年（1798）席氏掃葉山房刻本《元詩選·癸集》爲底本，詩共計十六首。此次文的點校以明崇禎刻本《歷代名臣奏議》爲底本，文共計三篇。

詩：

五言古詩

題杜子美墳[1]

諫署言清切，忠臣思鬱陶。赤膚行孔翠，碧海掣鯨鰲。詩律嚴秦法，詞源汲楚《騷》。珠明鳳凰髓，玉潤鷺鵜膏。耽句空頭白，謀生計轉勞。揚雄慚德薄，賈誼累才高。抵觸逢牛角，攙搶起蝟毛。盪胸雲夢澤，埋骨耒陽皋。奇數終無遇，窮途竟不遭。秋風悲草樹，落日哭猿猱。

詩義兼唐史，詩聲繼國風。論文思李白，獻賦蔑揚雄。健筆扛神鼎，危言訐聖聰。秦城遭板蕩，蜀道走途窮。實下聞猿淚，虛勞畫虎功。賈生才未展，屈子道無通。楚畹紉蘭佩，衡山戀桂叢。大名垂皎日，直氣吐長虹。天地青蠅滿，江湖白鳥同。耒陽靴塚在，錦里草堂空。露浥秋蕪綠，霞燒晚樹紅。悠悠牛酒恨，何處問漁翁。

校記：

[1]《元詩選·癸集》丁集作"杜甫祠"。

未陽懷古[1]

迢遞來南紀，倉皇問北征。詩通高叟固，才到屈原清。天地心無愧，風雷氣不平。徘徊江上月，昨夜照文明。

集賢學士憲臺實，奉使衡湘憶古人。爛醉有亭尋野客，獨醒無酒祭纍臣。奇兵斬將詩成史，直道遭讒德照鄰。昨夜未陽江上望，梅花索笑自傷神。

手抉天河洗甲兵，氣吞雲夢擅才名。蜀川遺恨依嚴武，楚澤傷心弔屈平。獻賦蓬萊聲煊赫，斬鯨遼海志澄清。我來欲定推敲字，黃鸝驚飛野雉鳴。

校記：

【1】《永樂大典》未標詩題。《元詩選·癸集》丁集作"未陽弔古"。

七言律詩

七星巖[1]

仙李巖前問大還，碧沙瑤草水潺潺。虎隨客去春尋藥，龍作人來夜叩關。八桂月華連五嶺，七星雲寶接三山。洞天說有飛昇處，只隔雲煙縹緲間。

仙凡景界隔雲泥，流水桃花路欲迷。八桂廖天連碧海，三山聖境上丹梯。紫霞深藉神清洞，白日猶燃太乙藜。夢覺七星巖下月，參差煙樹暝煙啼。

城頭旭日照旌旗，城下驚濤動鼓鼛。萬載歌詩猶誦魯，三年鼓瑟不求齊。仙巖雲濕龍歸洞，陰壑風生虎渡溪。珍重鳳凰臺上客，興來從此躡丹梯。

校記：

【1】《元詩選·癸集》丙集題爲《棲霞洞》，作者是許晉孫。《永樂大典》與《粵西詩載》卷一四均署明作者是張雄飛。暫從《永樂大典》《粵西詩載》。

岳陽樓[1]

樓上元龍氣不除，湖中范蠡意何如。西風萬里一黄鵠，秋水半江雙白魚。鼓瑟至今悲二女，沉沙何處弔三閭。朗吟仙子無人識，騎鶴吹簫上碧虛。

校記：

【1】此詩輯自明 [1368—1644] 刻本《升庵詩話》。

華山二首[1]

雲開華嶽鬱嵯峨，飛翠時來近玉珂。鶴駐松崖秋積雪，龜巢蓮井曉無波。山中酒熟憑花勸，馬上詩成倩鳥歌。欲採靈芝尋未得，盆石瑤草占春多。

三峰雲滿紫芝田，十丈花開玉井蓮。白帝真源深固地，金精灝氣遠浮天。一杯蒼海波搖月，九點齊州樹帶煙。千首新詩百壺酒，醉來騎鶴訪群仙。

校記：

【1】此二詩輯自明萬曆丁酉二十五年（1597）刻本《華嶽全集》。

洛陽懷古四首[1]

金谷繁華空綠苔，上陽羅綺暗塵埃。風連砥柱河聲壯，雲駕扶桑海氣來。秦樹夕陽歸鳥盡，漢陵秋草老狐哀。獨憐一片邙山月，曾照當時御輦回。

深谷高陵劫火空，離離禾黍又西風。斷霞落日低秦樹，衰草含煙鎖漢宮。緱嶺雲深鳴夜鶴，禹河天遠下秋鴻。傷心欲問興亡事，洛水悠悠晝夜東。

虎走中原百戰餘，塵生滄海竟遺珠。天王北狩虛周鼎，伊闕西來奠禹圖。上苑平蕪秋射雉，女牆老樹夜棲烏。綠珠樓上西風起，慚愧王敦擊唾壺。

自古中原壯九州，昔人城此會諸侯。漢興黨錮三綱墜，晉尚清談九鼎休。洛浦寒波無晝夜，玉川破屋幾春秋。惟餘緱氏山頭月，伴我乘槎泛斗牛。

校記：

【1】此四詩輯自上虞羅振玉 1918 年影印本《金石萃編未刻稿》。

五言排律

碧雞山[1]

北闕辭丹鳳，南雲看碧雞。紫苔移玉座，瑤草濕金泥。雨霽龍歸洞，風生虎渡溪。尋梅穿竹徑，採藥躡松梯。白日依山盡，青天入海低。寄書無雁過，擇木有猿啼。花映高低樹，園分遠近畦。飛星馳寶馬，沈水吐銀猊。魚戲蓮房北，鷗鳴荻渚西。長歌漢頌罷，刻石紀新題。

校記：

【1】此詩輯自清嘉慶三年席氏掃葉山房刻本《元詩選·癸集》丙集。

文：

請建儲[1]

太子天下本，願早定以繫人心。閭閻小人，有升斗之儲，尚知付託，天下至大，社稷至重，不早建儲貳，非至計也。向使先帝知此，陛下能有今日乎？

校記：

【1】標題爲《全元文》據文意擬，從之，下二篇同。

請立御史臺

古有御史臺爲天子耳目。凡政事得失、民間疾苦，皆得言。百官姦邪、貪穢不職者，即糾劾之。如此，則紀綱舉、天下治矣。

諫止數赦

古人言，無赦之國，其刑必平。故赦者，不平之政也。聖明在上，豈宜數赦？

唐兀崇喜

　　唐兀崇喜，漢姓楊，字象賢。達海之子。祖籍武威（今屬甘肅），家族入中原後定居開州濮陽（今屬河南）。崇喜於至正十六年（1356）撰寫《報效軍儲》，自稱時年五十六歲，知其生年大約在大德四年（1300）。卒年不詳，但《述善集》收有崇喜在洪武五年（1372）撰寫的《勸善直述》，知其卒年在此後。曾襲任百夫長，就讀於國子監，因他長期不仕，故又被稱爲處士。至正年間嘗捐米五百石、草萬束，以幫助元廷鎮壓紅巾軍，而不求官位；捐良田五百畝以養士，創建書院，元廷賜名“崇義書院”。元末避亂於大都，嘗爲官，官職不詳。從危素稱他爲處士、陶凱稱他爲楊公可知，説明他在京師還是有很高的地位和聲望的。

　　生平事蹟見於正統《大名府志》卷六，嘉靖《開州志》卷六，光緒《開州志》卷六，焦進文、楊富學《元代西夏遺民文獻〈述善集〉校注》。

　　此次詩文點校以河南省濮陽縣柳屯鄉楊十八郎村楊存藻家中所藏手抄本《述善集》爲底本，詩共計一首，文共計八篇。

詩：

七言絶句

《唐兀公碑》賦詩

欲鑴金石紀宗枝，特特求文謁我師。爲感恩親無可報，且傳行實後人知。

文：

自序

余楊其姓，世居寧夏之賀蘭山。先曾祖諱唐兀臺，國初從軍有功，選爲彈壓。歲乙未，扈從皇嗣兄弟南征，收未順之國，攻不降之城，累著勞績，將議超擢，以疾卒於行營。

先祖諱閭馬，繼其役，攻城野戰，圍襄取樊，無不在行。而素樂恬退，不希進用。大事既定，來開州濮陽縣東，官與草地，偕民錯居，卜祖塋置居於草地之西北，俗呼十八郎寨者，迄今百年，逾六世矣。至元八年，簽充山東河北蒙古軍。十六年，奉旨選充左翊蒙古侍衛親軍。三十年，定著爲籍，後追贈敦武校尉軍民萬戶府百夫長。公爲人資性純厚，好學向義，服勤稼穡。嘗言："寧得子孫賢，莫求家道富。"厚禮學師以教子孫。歲至治癸亥，於所居之西北官人寨之乾隅卜地一區，市屋爲塾，南北爲楹者九，東西廣亦如之。肇始經營，而竟不果。

先考忠顯公，慨然繼志，立鄉約，一風俗，興學校，育人材，以成其事。暨歲泰定，續置東西瓦舍，爲楹者亦如先祖敦武公所市之數，適與南北九楹齊。先甃井於其西，乃歎曰："欲求家道久昌，莫若教子義方。"割資一千五百緡，購瓦舍爲楹者三，爲檁有七，欲於前所置東西九間房之正北，構講堂，延師儒，誨子孫，以爲永圖。復未就，以疾終於正寢，可勝痛哉！

愚竊自謂資雖不敏，叨居胄館，忝預公試，俟貢有期。值父憂，還家養母，以守業務本爲事。既畢喪，敢不思先祖積累之勤，成均師友切磋之篤，聖天子涵養六世之恩，使祖宗以來安享百年之福，冀以報其萬一。於是拜稟於母恭人孫氏，恪遵先志，計仰事俯育之餘，罄家資，購材傭工，於先人忠顯公續置東西九間房之正北，創購講堂，爲間者三，顏以"亦樂"，故集賢學士魏郡潘先生名且記之。復於其西規地爲畝者三，建大成之殿。神門兩廡，齋館庖湢，及學田五百畝，不徼浮譽，專爲育材。

尋以妖賊蜂起，兩河調兵，遂至正十六年秋，願獻粟五百石、草一萬束，助殄寇之資，不求官錢名爵。朝議嘉之，賜以"崇義書院"之號。

繼念先考忠顯公先立鄉會義約，凡十餘條，月爲一會，各相稽訂，置簿立籍，定其賞罰。中推年高德盛、材良行修者，俾充約舉、約司，掌管約人。酌古禮意，合今時宜，凡可行之事，當戒之失，悉書於籍，使各遵而由之。其在約者，死喪、患難、濟救之禮，德業、過失、勸懲之道，歷舉而行。數年有成，四方來觀，皆慕且仿。故學士潘先生復爲之序，翰林待制愚庵顏先生爲之贊，今翰林待講學士晉安張先生詩。

乃至正十一年，盜起潁、亳。又七年，延蔓河北，兵燹之際，避地京師，又十年矣。

今亂略既定，將挈家復業，哀友朋耆宿，續爲前約，務農興學，重建崇義書院，以酬平生之志，誠所願也。謹繕寫三先生所著暨元約於卷端，伏惟省、臺、館、閣、成均之鉅公，四方遊居在京之大夫士，賜之題詠，以爲教勉。不惟使愚陋庶有傳於當時，後世亦以見我聖朝用武之日，而其未乏材也夫！

至正二十有七年春三月吉，楊氏崇喜敬書。

龍祠鄉社義約

唐兀忠顯 唐兀崇喜

至正元年，歲在辛巳，七月丙子朔，越二日，丁丑，十八郎寨龍王社內老人百夫長唐兀忠顯與千夫長高公等僉議曰：鄉社之禮，本以義會，風俗之美，在於禮交。本寨近南有一大堤，上有一古廟，名曰"龍王之殿"，殿中所塑神像龍雲皆古。時遇天旱，寨中耆老人等齋戒沐浴，潔其巾衣韈履，詣廟行香禱祝，祈降甘雨，其應累著靈驗。因此敬神爲會，故名曰"龍王社"。

此社之設，其來久矣。所設之意，本以重神明，祈雨澤，美風俗，厚人倫，救災恤難，厚本抑末，周濟貧乏，憂憫煢獨。逮後因襲之弊，尚於奢侈，不究立社之義、鄉約之禮。但以肴饌相侈，宴飲爲尚，甚有悖於禮。

今議此社，置立籍簿，推舉年高有德、才良行修者，俾充社舉、社司，掌管社人。斟酌古禮，合乎時宜，可行之事，當禁之失，悉載社籍，使各人遵守而行。其社內之家，死喪、患難、濟救之禮，德業、過失、勸懲之道，遂項歷舉於後。

一，議定每年設社。除夏季忙月不會，餘月皆會。七月爲首，三月住罷。上輪下次，周而復始。每設肴饌酬酢之禮，肉面止各用二十斤，造膳不過二道，雞酒茶湯，相爲宴樂。蓋會數禮勤，物薄情厚。

一，每月該設者不過朔望。既設必要如法，違者罰鈔五兩。若遇驟風雪雨一切不虞之事，過期不在此限。

一，該設者與（遇）有喪之家，即報社司知會，發書轉送。誤者罰鈔一兩。

一，其坐社者必要早至，非社人不與。在社之時，務辨尊卑之殺，別長幼之序，明賓主之禮，相爲坐次，酬酢飲宴，言談經史，講究農務。不得喧嘩作戲，議論人長短是非正法。違者罰鈔一兩。

一，其喪助之禮，各贈鈔二兩五錢，連二紙五十張，一名四口爲率，止籍本家尊長，隨社人親詣喪所，挽曳棺柩，以送其葬。非天命而死者不與。其送納贈錢，齋飯止從本家，勿較其限量、多少、美惡。違者罰鈔十兩。

一，婚姻相助之禮，時頗存行，故不復書。

一，學校之設，見有講室。禮請師儒，教誨各家子弟。矧又購材命工，大建夫子廟堂，以爲書院。自有交會，亦不復書。

一，其社內之家，使牛一犋，內有倒死，則社人自備飲食，各與助耕地一晌。其鋤田人，社隨忙月、災害，自備飲食，各與耘田一日。其助耕耘者不行，依法在意罰鈔一兩五錢。

一，社內人等，不得托散諸物，及與人鳩告酒帖黍課，亦不得接散牌場，搬唱詞話、傀儡、雜技等物戲，傷敗彝倫，妨誤農業，齊斂錢物，煩擾社內。違者罰鈔十兩。

一，各家頭匹，務要牢固收拾牧養，毋得恣意撒放，作踐田禾，暴殄天物。違者每一匹罰鈔一兩。若是透漏，不在所罰，香誓爲准。

一，倘值天旱，社內衆人俱要上廟行香祈禱。違衆者罰鈔五錢。

一，夫社舉、社司所舉之事，務在公當。若管社人當罰而不罰，與不當罰而妄罰者，罰鈔二兩。合舉不舉及舉不當，亦罰鈔二兩。當罰者不受罰，除名。社內俱與絕交，違者罰絹一疋。

一，社內所罰鈔兩，社舉、社司附曆對衆交付管社人收貯，營運修蓋廟宇，補塑神像。餘者周給社內，毋得非禮花破，入己使用。

一，除社簿內所載罰賞、勸戒事外，若有水火盜賊一切不虞之家，從管社人所舉，各量己力而濟助之。

一，如有無事飲酒，失誤農業，好樂賭博，交非其人，不孝不悌，非禮過爲，則聚衆而懲戒，三犯而行罰，罰而不悛，削去其籍。若有善事，亦聚衆而獎之。

如此爲社，雖不盡合於古禮，亦頗有補於世教。今將各人姓名，籍錄於左。

節婦後序

余暇日閱舊書於篋中，得故愚庵文節顏先生遺藁，序康里脫因母太君欽察氏志節。至正八年作也。

初，至正十有一禩，盜起潁、亳。又七載，蔓延河北，先生之門人達儒丁劉、公輔等團結丁壯，保衛鄉井。軍大名、廣平之間，先生在焉。

十八年夏五月，賊將沙劉二、梅方顏等，率眾來攻，破其營，生執先生至磁州，釋其縛，待先生以禮貌，誘使附己。先生毅然不肯，返喻以大義，使之去逆效順。賊不聽。先生知其不悛，隨罵不輟，求亟死。賊恚，盡殺其妻子。先生終不屈，死之。總兵行樞密院判官伯帖木兒具實以聞，廷議褒封太常禮儀院同僉，謚曰"文節"。

脫因，其姻家也。字輔臣，自號奇齋，濮州人，為山東河北蒙古軍都萬戶府左手萬戶府鎮撫，母封濟陰縣太君。方盜起，鎮撫奉母避兵山後，諸郡縣亂離中，家業盡矣。自食脫粟蔬菜而甘旨不絕，亂定家居。其母，甫二十四而夫亡，甘守夫婦分，積五十餘年，志節愈堅，養姑不衰，撫孤益篤。今年近百歲而康寧，眼明若少壯時。鎮撫亦年七十。有子保保，年四十，人以為孝義所感云。

先生既沒，而文稿在予。先生及鎮撫皆忝在姻婭，為之感慟，及裝黃卷軸，繕寫於其端，敬謁縉紳。先生及大夫士題詠以贊其美，使寄齋輔臣母子之善行，愚庵文節先生之遺文不沒，以傳於後世，用見我聖朝百年涵養之厚，一舉而鹹備焉。

峕至正丁未仲春初瀚吉日古澶楊崇喜謹書。

勸善直述

漢昭烈將終，敕後主曰：“勿以惡小而爲之，勿以善小而不爲。”

朱子曰：“善必積而後成，惡雖小而可戒。”

古語云：“從善如登，從惡如崩。”

《書》曰：“天道福善禍淫。”

又曰：“作善降之百祥，作不善降之百殃。”

或問其友曰：“何謂善？何謂惡？”

其友答曰：“善是秉彝好德之良心，操之有要，行之無違，窮則獨善其身，達則兼善天下。惡是越禮犯分之私意，肆欲妄行，無所忌憚。小則殞身滅性，大則覆宗絕嗣。”

或又疑曰：“善惡之說，既聞命矣。敢問積善之家或未福，作惡之家或未殃，何也？”

其友答曰：“吾聞之，積善而善未成，作惡而惡未滿，善成則福必至，惡滿則禍自來矣。”

或曰：“以子之言，善惡之報，理固然也。敢問善成福至，惡滿禍來，其有征歟？”

友曰：“善如爾問，不能盡述，姑舉其梗概。如子路，自食藜藿，爲親負米百里之外，後爲楚大夫，從車百乘，積粟萬鐘。孫叔敖爲兒時，出遊，見兩頭蛇，必死。恐死後人，殺而埋之。後爲楚相。茲非善成福至之征歟？舜誅四凶，而天下咸服。四兇不見誅之於堯，而見誅之於舜，茲非惡滿禍來之征歟？”

世之愚人、謬子，心既不藏沮疾爲善，每以堯、舜父子賢否以爲論，顏子、盜蹠壽夭之所比，殊不知人性本善，但氣稟有清濁不齊，是以有聖、愚、賢、不肖之分。

矧世道之變常，時運之盛衰，其有所關矣。乃人道盡，其當爲富貴、貧賤、窮、達、壽、夭，間有不同，是天命之所爲，非人力之可必也。先儒所謂"自古聖賢，不繫於世類"，尚矣。烏可執一而論哉？

夫顏子高明之姿，生知之亞，傳道於一時，爲法於萬世。不幸而夭，雖死猶生。盜蹠極愚，肆不道能幾何？遺惡名於無窮。幸而有壽，雖生何益？其於顏子，如薰蕕、冰炭之相反，霄壤之不侔矣。豈可列名而比哉？

程子嘗曰："自暴者，拒之以不信；自棄者，絕之以不爲，雖聖人與居，不能化而入。"正謂此下愚之人耳。愚人、謬子無異於是也。大抵氣數盛衰所值，固有不同，人爲善惡，遲疾必報，不及其身，必及其子孫。天道循環，豈有往而不復之理？

或人語塞，疑釋豁然，而歎曰："老子云：'天網恢恢，疏而不漏。'亦猶此也。"

其友曰："然。"

余聞是論，辯析分詳，明天理昭著，善惡顯應，因書座右自以爲警。又恐不廣其聞，故繪寫爲圖，以傳諸世，使人人聞之，警以自勉，皆感發而進於善矣。豈不盛哉？

道聽途說之非，固有所責，與人爲善之意，不無小補云。

洪武壬子二月朔旦，古澶楊崇喜述。

報致軍儲

前國子生唐兀崇喜呈。系唐兀氏，左翊蒙古侍衛兵籍，年五十七歲，見於開州濮陽縣鄄城鄉張郭保十八郎寨，置莊住坐。

伏惟崇德報功，固有國之先務，保後胥感，誠往古之成規。豈為國家方調軍儲，需用至廣，崇喜除創建廟學及糊口外，願出粟五百石，草一萬束，並不願除授名爵，關請官錢，但期天戈早息，生民獲安，此愚心之至願也。合行具呈。

濮陽縣照詳施行須至呈者。

右謹具呈。

至正十六年七月　日，唐兀崇喜呈。

祖遺契券志

至元後二年二月二十有三日，父忠顯公命崇喜，將各年文契、問據、典倚諸等文字，編類次序，置籍抄寫，仍易於尋照。

崇喜敬將遠年近歲典倚、問據諸等文字，各以類編，買契以契封訖。後凡尋照者，必以年次編類，置籍抄錄。先以籍策內檢閱年號。年號相同，然後方許開封尋照，照驗過仍舊類放，勿令摺皺散亂。

夫契者，家業之基，祖先所遺，祭祀供需之源，宗族衣食之本，誠為重事，可不謹乎？

為善最樂

《戴溪筆義》曰："夫為善之人，從容中道，不為不義。明無人非，幽無鬼責。浩然天地之間，俯仰無愧，心平氣和，神安而體舒。天下之樂，豈夫有大於此者？"

余悲夫世之人，以憂為樂，而卒莫之知也。憂樂聚門，樂未去而憂隨之。千日之樂，不足以敵一日之憂。漢諸侯王，大抵皆驕佚放恣。夫其爲驕佚放恣者，豈不以爲樂哉？曾未幾何，身死國除，其禍慘矣。豈非前日之樂，乃所以爲後日之憂乎？

善哉！東平王之言也。豈獨善保其國而已哉？雖懷道致義之士，隱約窮閭明於利害之故，察於人情之變，深沉默静，灼然有得於心者，其論亦無以過此也。故於東平王之言，有感焉。

余讀史至漢東平王"爲善最樂"之言，《戴溪筆義》之語，每置册於幾而思繹之。誠有補於世教，欲繕寫其圖以廣其聞，又恐世人誤認於爲善者，故贅以鄙意而釋之曰：夫爲善，非是信邪誕之説，祭淫辟之祠，蓋爲是我職分之當爲，善是性分之固有，俾人人俛焉以盡其力。此其所以謂"爲善最樂"。

至正十有三年正月二十有一日古澶崇喜書。

觀德會

余嘗讀文公先生《小學書》。《周禮·大司徒》："一鄉三物，教萬民而賓興之。一曰六德：智、仁、聖、義、忠、和。二曰六行：孝、友、睦、姻、任、恤。三曰六藝：禮、樂、射、御、書、數。"

夫六德、六行，爲人之切己，學者之當務。講書修心，循序漸進，不患不能行。若夫六藝，禮、樂、書、數四者，亦切於學者之事，固不可以不習。然六德、六行，講之有素，行之有常，得之於心，熟之於己，而其本立矣。本既立，其於禮、樂、書、數，稍加推測之力，自然有得而不差矣。但射、御二者，習頗爲難，人多所忽而莫之治。然御雖古法，時制不同，姑舍是。蓋射者，前代之制，時王所尚，養心修德，持身處物，有益於爲己，試用於將來，何不講而習之耶？故於鄙裏與二三同志，考古人之成規，合當時之法制，而於歲餘暇隙時日習射，以爲會，名之曰"觀德"。

夫射者，每人弓一矢三，量其力能，度其矢及，而爲鴉鵠於兩端，偶偶對射。驗中否，定賞罰。將射時，先須志體正直於內外，揖遜中合乎禮節，方可持弓矢審固，持弓矢審固，然後敢發而慮中。發若不中節，躬以自責，不敢有怨於勝己者。

孔子曰："君子無所爭。必也射乎！其爭也君子。"愚竊謂，固驗德取士而薦用。然德之修，射之熟，不但取士薦用而已，又可蕃籬王室，保障居第。何則？宣力於國，忠君禦敵，威鎮天下，使外夷不敢有謀於邊境；用之於家，防已避患，風聞遠道，使寇盜畏避乎閭裏。爲射之義，豈淺淺哉？

矧勝負賞罰，遵依禮制，患難救恤，恪守信義。如此爲會，雖與古法頗有爭懸，其於世教不無少補云。

至正辛卯正月十有四日唐兀崇喜書。

余闕

余闕，字廷心，一字天心，唐兀氏，世居武威（今甘肅武威）。少孤，授徒以養母。與吳草廬弟子張恆游。登元統癸酉進士第二名，除同知泗州。歷任監察御史、翰林待制。至正十三年（1353），江淮用兵，改淮東宣慰司爲都元帥府，治淮西。起闕爲副使，僉都元帥事，分兵守安慶。屢敗諸寇，拜淮南行省左丞。陳友諒合兵來攻，十八年正月城陷，闕死之。著有《青陽集》。

《元史》本傳稱余闕"留意經術，《五經》皆傳注"。朱元璋對余闕的死難評價很高，説是"自兵興以來，闕與褚不華爲第一"。劉伯溫過余闕廟，亦作《沁園春》以哀之。詞云："士生天地間，人孰不死，死節爲難。羨英偉奇才，世居淮甸，少年登第，拜命金鑾。面折奸貪，指揮風雨，人道先生鐵肺肝。平生事，扶危濟困，拯溺摧頑。清明要繼文山。使廉懦聞風膽亦寒。想孤城血戰，人皆效死，闔門抗節，誰不辛酸？寶劍埋光，星芒失色，露濕旌旗也不幹。如公者，黃金難鑄，白璧誰完？"

生平事蹟在《元統元年進士錄》、元代李祁《雲陽先生集》卷三《青陽先生文集序》、元代賴良編撰《大雅集》卷六《挽余忠潛公並序》、《元史》卷一四三，明代宋濂《宋文憲集》卷四〇

《余闕傳》、明代程敏政輯撰《新安文獻志》卷四九《哀辭·余左丞並序》、《元詩選·初集》、清代張景星等選編《元詩別裁集》、陳衍輯撰《元詩紀事》卷十九中均有記載。

《元詩選·初集·庚集》錄有余闕《青陽集》。《元詩選·癸集》錄其詩三首《偶成二首》《和李溉之宮中應制脫鞋吟》《望江亭》。《元詩紀事》卷一九錄詩《八月十五夜處州分司對月》。元代宋緒輯《元詩體要》卷一三錄其詩《揚州客舍》二首；元代鄭玉《師山遺文》附錄其《與鄭子美先生書》三首；元代柳貫《柳待制集》卷首錄其《待制集序》。《全元文》收余闕文七十六篇。

此次點校，詩以《四部叢刊》續編本《青陽先生文集》（上海涵芬樓影印常熟瞿氏鐵琴銅劍樓藏明刊本）爲底本，以臺灣商務印書館影印文淵閣《四庫全書》本《青陽集》、清康熙三十三至五十九年顧氏秀野草堂刻本《元詩選·初集》爲校本。詩共計一百零二首。文以《四部叢刊》續編本《青陽先生文集》，文淵閣《四庫全書》本《待制集》，明成化二十二年刻本《河南总志》，明成化間修、弘治元年刻本《中都志》爲底本，以《元統元年進士錄》、文淵閣《四庫全書》本《青陽集》、文淵閣《四庫全書》本《書畫匯考》、明嘉靖十四年刻本《甎齋集》、清康熙間抄本《海昌外志》、民國十五年刻本《平陽縣志》、文淵閣《四庫全书》本《金臺集》、清嘉慶二十三年刻本《湘陰縣志》、清光緒六年刻本《湘陰縣圖志》、清嘉慶二十五年刻本《湖南通志》、一九三四年刻本《續陝西通志稿》、清道光十年刻本《安徽通志》卷二三、清光緒十一年刻本《續修廬州府志》、清嘉慶三十三年刻本《安慶府志》、明萬曆六年刻本《金華府志》、一九三九年刻本《禹县志》、清雍正八年刻本《合肥县志》等爲校本，共計七十六篇。

詩：

七言排律

題黃河清艮岑幽居

大明照四海之子，乃陸沉遠絕仁義。絆結宇幽藪陰薈，翳谷中路嶄峛北。山岑窓鬻響初蔭，隴月頹夕林時憑。曲水几蕭散發長，吟委化諒爲達滯。樂恐遂滔援琴鼓，招隱念子爲薰心。

七言律詩

送王其用隨州省親

都門楊柳萬絲垂，城下行人馴牡騑。宮中近得三年謁，篋裏新裁五色衣。漢皋秋晚遊娟少，夢陼波寒獵火微。我有愁心似征鴈，隨君日日向南飛。

登太平寺次韻董憲副

蕭寺行春望下方，城中雲物变淒涼。野人篱落通灄口，賈客帆
檣出漢陽。多難漸平堪對酒，一樽未盡更焚香，憑將使者陽春曲，
消盡征人鬢上霜。

七言絕句

別樊時中

桃華[1]灼灼柳絲柔，立馬看君發鄂州。懊惱人生是離別，不
如江漢共東流。

校記：

【1】華：文淵閣《四庫全書》本《青陽集》、《元詩選·初
集》作“花”。

題光祿主事虎仲桓海棠圖

沉香羯鼓打春寒，纔見開時又見闌。爭似君家屏幛裏，年年歲
歲有花看。

李白玩月圖

春池細雨柳纖纖，手倦揮毫日上簾。想得停杯江海夜，月明照
見水晶鹽。

揚州客舍

船頭澆酒祀神龍，手擲金錢撒水中。百尺樓船雙夾櫓，唱歌齊
上呂梁洪。

題紅梅翠竹圖

竹葉梅花一色春，盈盈翠佃[1]俺[2]丹唇。休言畫史無情思，
卻勝宮中剪綵人。

校記：

【1】佃：文淵閣《四庫全書》本《青陽集》作“鈿”，《元詩
選·初集》作“袖”。

【2】俺：文淵閣《四庫全書》本《青陽集》、《元詩選·初
集》作“掩”。

贈澄上人

壞色衣裳護七條，手持經卷意蕭蕭。頭陀寺裏相逢後，又向天
台訪石橋。

贈山中道士善琴

山中道士緑荷衣，新抱瑶琴出翠微，已與塵緣斷來往，逢人猶鼓雉朝飛。

南歸偶書二首

帝城南下望江城，此去鄉關半月程。同向春風折楊柳，一般離別兩般情。

二月不歸三月歸，已將行篋換征衣。殷勤爲[1]報家園樹，緩緩開花緩緩飛。

校記：

【1】爲：文淵閣《四庫全書》本《青陽集》、《元詩選·初集》作“未”。

別樊時中廉使

光祿橋西惜解攜，春星欲傍露盤低。自來宫柳多離思，更着城烏在上啼。

詠井上桃花

本是仙源種，移向[1]禁中栽。爲愛妖嬈色，偏臨露井開。

校記：

【1】向：文淵閣《四庫全書》本《青陽集》作“來”。

五言古詩

題劉氏聽雪樓

群峰擁臨檻，修竹欝菁菁。蔭向曲池好，聲惟雪夜清。天寒三日臥，人道是袁生。

五言排律

擬古二首

昔在西京日，縱觀質前聞。皇皇九衢裏，列第起朱門。借問誰所居，丞相大將軍。平明事遊謁，車馬若雲屯。芍藥調羹鼎，拂[1]狄鑄酒尊。頌聲美東魯，逸奏出西秦。迴風薄蘭氣，十里楊[2]清芬。東家有狂生，容顏若中人。謬言擬宣尼[3]，幽思切玄文。著書空自苦，名宦乃不振。悠悠千載下，安有楊[4]子雲。

昊天轉時律，大火西南馳。勁商發群籟，白露降嚴威。攬衣起視夜，明月鑒薄蜼[6]。翩翩征鴈翔，唧唧寒蛩悲。紅蘭委芳采，柏葉亦離披。喬喬千丈松，孤生泰山隈。凝霜裂其膚，層冰斷其柢。

摧殘若傾益[6]，蒼翠終不移。草木有至性，明哲宜戒哉。

校記：

【1】拂：文淵閣《四庫全書》本《青陽集》作"狒"。

【2】楊：文淵閣《四庫全書》本《青陽集》作"揚"。

【3】尼：文淵閣《四庫全書》本《青陽集》作"聖"。

【4】楊：文淵閣《四庫全書》本《青陽集》作"揚"。

【5】蜼：文淵閣《四庫全書》本《青陽集》作"帷"。

【6】益：文淵閣《四庫全書》本《青陽集》作"蓋"。

白馬誰家子

白馬誰家子，綠轡縵胡纓。腰間雙寶劍，璀璨雪花明。甫出金華省，還過五鳳城。君王賜顏色，七寶奉威聲。夜入瓊樓飲，金樽滿繡楹。燕姬陳屢舞，楚女奏鳴箏。慷慨顧賓從，英風四坐[1]生。一朝富貴盡，不如秋草榮。黔婁固貧賤，千載有餘名。

校記：

【1】坐：文淵閣《四庫全書》本《青陽集》、《元詩選·初集》作"座"。

擬古 贈楊沛

楊生仕州縣，謀國不謀身。一朝解印綬，歸來但長貧。茅茨上穿漏，頹垣翳綠榛。空牀積風雨，蝸牛止其巾。辛苦豈足念，殺身且成仁。

天門山 保寧知府楊丹梓人作記

楊子博地志，名山屢出王。但言隱彌匪[1]，崇冠峙嵩梁。井絡通遙甸，天經列鉅障。群峰如菡萏，歷亂發金塘。玉壺既嶇愕[2]，天門迥開張。宛蟲連紫蓋，丹泉濺石床。入門蔭修竹，中夏若寒霜。靈鳥多異色，中林皆妙香。耀真啓幽室，積石構瑤房。萬里秘冥奧，千秋阻秋望。惟應學仙侶，結桂共相羊。

校記：

【1】匪：文淵閣《四庫全書》本《青陽集》作“匿”。

【2】愕：文淵閣《四庫全書》本《青陽集》作“嶨”。

送鎦伯溫之江西廉使 得雲字

祖帳依仙[1]館，車蓋何繽紛。使君驅駟馬，衣上繡成文。中坐陳綺席，羽觴流薄薰。情多酒行急，意促歌吹殷。況我同鄉友，同館復同[2]群。初暘麗神皐，遙望澄遠氛。迴鑣[3]望雙闕，五色若卿雲。蒼茫歲年徂，東西岐路分。道長會日遠，何以奉殷勤。惟有凌霜柏，天寒可贈君。

校記：

【1】仙：文淵閣《四庫全書》本《青陽集》、《元詩選·初集》作“山”。

【2】同：文淵閣《四庫全書》本《青陽集》、《元詩選·初集》作“離”。

【3】鑣：文淵閣《四庫全書》本《青陽集》、《元詩選·初集》作“鑱”。

秋興亭

涉江登危榭，引望二川流。雙城共臨水，兩岸起飛樓。漢渚深初綠，江皋迴易秋。金風揚素浪，丹霞麗綵舟。登高及佳日，能賦命良儔。御者奉旨酒，庖人供膳羞。一爲山水媚，能令車騎留。爲語同懷者，有暇即來遊。

安南王留宴

將命坐藩服，式禮奉國寶。賢王重意氣，延客列華裀。肅肅高堂上，圓方饋八珍。齊優雜趙女，歌曲一何新。遺響從風發，雕梁落素塵。中觴每傳滿，眷眷难具陳。厚往已有愧，懷报恐無因。

九日鄂渚登高

南州理秋拔[1]，嘉節恊乾陽。爰與幕中友，臨眺陟崇岡。維時天氣肅，芬菊已沾霜。雷雷[2]風振谷，凄凄日在房。高雲斂楚岫，曜景遊川漲。微徑出丹林，列坐泛金觴。佳實未易合，良會安可常。英曾[3]幸文雅，獻酬寧計行。預恐还吹帽，煩君戒太康。

校記：

【1】拔：文淵閣《四庫全書》本《青陽集》作“袚”。

【2】雷雷：文淵閣《四庫全書》本《青陽集》作“靁靁”。

【3】曾：文淵閣《四庫全書》本《青陽集》作“曹”。

先天觀

仙客鍊金地，蒼山深幾重。至今龍虎氣，猶在琵琶峰。峰前石路整，金澗垂楊嶺。萬壑閟阿宮，千年奉丹鼎。日日采三秀，人人吹玉笙。既要王子晉，復命董双成。方朔金門步，春來多自豫。青鳥幾時还，御[1]書寄君去。北闕懷美禄，南山思遠遊。劳心如御水，東去復西流。

校記：

【1】御：文淵閣《四庫全書》本《青陽集》、《元詩選·初集》作"銜"。

黄鶴樓

嶕嶢黄鵠嶺，歸巍構楚材。澄江環[1]畫楯，連城抗鉛階。雕衡朱鳥峙，淵井绿荷開。隱見長沙渚，想望陽雲臺。晴霄一仰止，輪奐信美哉。淮南儻好道，日夕化人來。

校記：

【1】環：文淵閣《四庫全書》本《青陽集》作"還"。

大别山柏樹

奇樹如蛟蜃，盤虯上虛空。孤生雖異桂[1]，半死反如桐。香帶金爐氣，色映綺錢中。靈從后皇服，年隨天地終。常瞻北枝翠，終古鬱葱葱。

校記：

【1】桂：文淵閣《四庫全書》本《青陽集》作"掛"。

題虞邰菴送別圖

南州山水麗，中田歲事豐。時貞文物粲，道合朋輩同。濟濟衆君子，班坐蔭青松。迴洲環偃月，丹林結綵虹。翔鷗方矯矯，鳴鴈亦嗈嗈。即趣情已展，染翰思弥工。予亦幽棲者，纓冠朝北宮。披圖誦佳詠，邈爾想高風。

鶴齋　爲薛茂弘道士賦

葉縣飛鳧舄，琴高駕赤鱗。豈若青田鶴，瀟灑逈仙倫。刷羽琪樹側，振喉華池津。騫騰望霄漢，逸氣已沖天[1]。鍊液諒有驗，滅景入無垠。还乘過緱嶺，舉手謝鄉人。

校記：

【1】天：文淵閣《四庫全書》本《青陽集》作"辰"。

龍丘長吟贈程子正[1]

戰龍起新室，群鳥亦翩翩。偉哉龍丘生，抱琴歸故山。仰視天際鴻，俯弄席上絃。清音發疏越，逸響遺澗泉。悠悠鳳翔漢，婉婉虹媚川。清風自千古，何用能草玄。

校記：

【1】本詩在底本中連續出現兩次，今僅錄其一。

送觀至能赴歸德知府

善理崇富教，長辟[1]等烹鮮。況茲久凋瘵，望治功宸淵。綏[2]組承明裏，結駟双闕前。燕郊芳草歇，商墟大火懸。高懷薄霄漢，攬轡殊慨然。揆予昧時用，載橐徂甘泉。庶聞兩歧詠，爲予書汗篇。

校記：

【1】辟：文淵閣《四庫全書》本《青陽集》作"郡"。

【2】綏：文淵閣《四庫全書》本《青陽集》作"纻"。

送黄紹及第歸江西

上林華落盡，東門餞別初。遊絲橫輦道，金波溢鏤渠。含觴不能飲，躑躅此城隅。念子正英妙，丹泉媚綠蕖。翻然阻山岫，邈爾問離居。芸閣誰同坐，蒲生孰共書。時應有詞賦，爲寄北飛魚。

送胥式南還

孟冬寒律應，原野降繁霜。客子倦遊覽，結笥還故鄉。驅車出城闕，旭日懸晶光。綺宮上爛爛，翠閣後蒼蒼。豈無京華志，晞景發清楊[1]。富貴在榮遇，貧賤有安行。恆恐歲年迫，皋蘭凋紫芳。君看沙上鴈，奮翮乃隨陽。

校記：

【1】楊：文淵閣《四庫全書》本《青陽集》、《元詩選·初集》作"揚"。

題施氏西嶼書堂

中智貴得性，得性非易求。羨君湋水曲，松竹蔽層丘。春秋當佳日，兄弟各命儔。摠轡凌晨術，展席面綠流。參差瓊峰出，泓澄綺磧周。緗荷承繡宇，黃鳥響疏樓。起坐玩芳帙，爲樂鮮優游。河陽恥巧宦，建春厭旅愁。安得周公瑾，爲館孫仲謀。

送方以愚之嘉興榷[1]官

帝仁同禹泣，典憲輟朝緌。我友膺時選，御[2]命出承明。是日芳節屆，列餞多鉅卿。桃開[3]疑組色，鳥囀雜歌聲。仰獻一杯酒，遠慰千里行。丈夫有遠業，文墨非所營。勉布惟良政，持用答皇情。

校記：

【1】榷：文淵閣《四庫全書》本《青陽集》作"推"。

【2】御：文淵閣《四庫全書》本《青陽集》作"銜"。

【3】開：文淵閣《四庫全書》本《青陽集》作"花"。

玉雪坡爲周伯溫賦

江梅有至性，能怡君子顏。開花競芳節，櫂[1]秀帶春寒。惟與玉同色，还嗤雪易殘。芳香拂羅袖，如薰金愽山。置此寘席上，人人別意看。

校記：

【1】櫂：文淵閣《四庫全書》本《青陽集》作"擢"。

馬伯庸中丞哀詩

結纓趨魏闕，俛仰二十霜。化途易遷逝，故老今盡亡。維時遊公門，時節會高堂。崢嶸奉餘論，炫燿晞[1]报章。制若緥繡陳，聲若宝瑟張。儀若龍文鼎，燁[2]若照夜噹。阡[3]眠出工巧，幻妙極豪芒。抽思究皇術，振藻詠時康。是時朝廷上，才彥侯有望。公如逸虬出，萬驥爲留行。念此今已矣，松柏杳茫茫。驅車入珂里，穹門委舊衡。珠移青淵涸，桃盡故蹊荒。龍火出勁秋，玉衡变春陽。朝荣計已殞，夕秀豈不芳。感彼椎輪始，惻惻我心傷。

校記：

【1】晞：文淵閣《四庫全書》本《青陽集》作"希"。

【2】燁：文淵閣《四庫全書》本《青陽集》作"爛"。

【3】阡：文淵閣《四庫全書》本《青陽集》、《元詩選·初集》作"芊"。

蘭亭

奉節過東鄙，摠轡臨越墟。覽此崇山阿，亭樹猶晉餘。陽林積珍木，禊館疎鏤渠。徵[1]風旋輕瀨，宛委寫成書。秋杪霜露滋，清商滿縣隅。紅蓮凋綺蕊，微瀾見躍魚。籍芳泛羽觴，眠聽良有娛。消摇大化內，豈必三月初。

校記：

【1】徵：文淵閣《四庫全書》本《青陽集》作"微"。

自集賢嶺入大龍山

皖公標楚甸，茲嶺孕奇形。翠積樅江滸，崇冠呂蒙城。戒途入中林，平岡駐我旃。延望失來術，周覽多所經。峩峩石窓矗，窅窅巖岫冥。離離雲朝隮，粲粲樹敷荣。關弓射鳴鴈，羣谷振弦聲。仰憐山人居，俯悅洞下耕。蒼龍啓春候，金虎妝光精。權家既非學，農用或可明。頤[1]言同載者，爲爾鑄阿兵。

校記：

【1】頤：文淵閣《四庫全書》本《青陽集》作"顧"。

安慶郡庫後亭宴董僉事 亭名天開圖畫

鯨鯢起襄漢，郡邑盡燒殘。茲城獨完好，使者一開顏。省風降文囿，弭節遵曲干。双[1]池夾行徑，累榭在雲間。天姓[2]羣峰出，地迥滄[3]江環。霞生射蛟臺，雁沒逢龍山。開樽華堂上，命酌頻[4]危闌。主人送瑤爵，但云嘉會難。豈爲杯酒謹，樂此罷民安。魄淵無恒彩，清川有急瀾。明晨起驂服，相望阻重關。

校記：

【1】双：文淵閣《四庫全書》本《青陽集》、《元詩選·初集》作"雙"。

【2】姓：文淵閣《四庫全書》本《青陽集》、《元詩選·初集》作"淨"。

【3】滄：文淵閣《四庫全書》本《青陽集》、《元詩選·初集》作"蒼"。

【4】頻：《元詩選·初集》作"俯"。

九日宴盛唐門

今日良宴集，玉帳設金縣。實稱此嘉辰，令德應重乾。淒淒秋
陽升，湛湛江景鮮。西馳三滋津，東瞻九華山。文淵帶粉堞，卿
雲覆綵斿。清歌送銀爵，泛此秋花妍。嗟予遠征人，別家今四年。
采薇夜歸戍，操築朝治垣。微此一日歡，苦辛良可憐。中觴[1]感
前謀，撫運當太平[2]。燔柴盛唐郡，泛舟搊[3]江前。臨川射長蛟，
雄風推八埏。豎儒繆從役，任重力迴綿。武功既無成，文德何由
宣。微[4]勳倘有濟，敢愧魯仲連。

校記：

【1】觴：文淵閣《四庫全書》本《青陽集》作"腸"。

【2】太平：文淵閣《四庫全書》本《青陽集》、《元詩選·初
集》作"泰年"。

【3】搊：文淵閣《四庫全書》本《青陽集》作"樅"。

【4】微：文淵閣《四庫全書》本《青陽集》、《元詩選·初
集》作"微"。

三月廿九日郡庠後亭宴盧啓先僉事

晨集欸江陼[1]，列席當蕙楊。斯亭信顯敞，翠嶺帶澄川。潮
駕宜城步，山積司空原。青松紛被徑，紅桃競發園。衆實起為壽，
繁轉出嬌絃。中觴念遠离，歲行已再遷。漂萍有時合，浮雲未見
旋。今朝不為樂，來會知何年。

校記：

【1】陼：文淵閣《四庫全書》本《青陽集》作"渚"。

奉和旨南上人喜雨之什叔良雖不作詩不妨一觀也

出車橫門道，采薇皖溪水。雜[1]耕不逢年，軍士常饑餒。奉牲走羣望，悃迫忘汝爾。皇皇大司命，配天奠南紀。方屯啓時澤，拯民出潁[2]死。雲章变膚寸，雨势來不已。睇領[3]三峰深，行阡九江起。開房各莑莑，擢葉方泥泥。説郊君牡騂，饁野田畯喜。未論車箱滿，已見沽酒旨。斯民既云樂，兵甲行可洗。赫靈有耿祉，壽夭誠在已。淫陰無往轍，薄伐有凶理。撫事非偶然，涼薄那致此。騁辭継周頌，屢豐自天子。

校記：

【1】雜：文淵閣《四庫全書》本《青陽集》作“雜”。

【2】潁：文淵閣《四庫全書》本《青陽集》作“瀕”。

【3】領：文淵閣《四庫全書》本《青陽集》作“嶺”。

送康上人往三城

嘗登大龍嶺，橫槊視四方。原野何蕭條，白骨紛交横。維昔休明日，兹城冠荊楊。芳郊列華屋，文欜[1]被五章。乘車衣螭繡，貴擬金與張。此禍誰所爲，念之五内傷。竪儒謬乘障，永賴天降康。樅陽將鮮甲，皖邑寖開壃。耕夫緣南畝，士女各在桑。念子中林士，振策亦有行。我聞三城美，龍嶺在其傍。連林積修阻，下有澄湖光。明當洗甲兵，從子卧石牀。

校記：

【1】欜：文淵閣《四庫全書》本《青陽集》、《元詩選·初集》作“纕”。

七哀【1】

殷武誦深阻，周魯歌東征。聖哲則有然，我何敢留行。斬牲祀怒時，鼕鼓起前旌。野布魚麗陣，山鳴鐃吹聲。函【2】關【3】何用塞，受降行已成。路逢故鄉人，取書寄東京。寄言東京友，勉樹千載名。一身未足惜，妻子非無情。

校記：

【1】七哀：《元詩選·初集》作"殷武"。

【2】函：文淵閣《四庫全書》本《青陽集》、《元詩選·初集》作"函"。

【3】關：文淵閣《四庫全書》本《青陽集》、《元詩選·初集》作"關"。

美浦江鄭氏義門 後大篆浙東第一家五字以旌之

省風浦江潯，憑軾歷高門。借問居幾何，九世今不分。解驂青松林，愛此季與昆。檢身事先訓，禮度尤恭溫。生祥亦何用，有後天所敦。常棣閔叔咸，厲階悲婦言。一朝或問【1】念，喪敗寧具論。清源無濁流，芳蘭有競芬。摛毫誦勿替，勉哉賢子孫。

校記：

【1】問：文淵閣《四庫全書》本《青陽集》作"罔"。

待制張廷美姑阿慶詩

葭菼啓望國，灼灼詠桃夭。操觚染芳藻，短髮未勝翹。始聆白雪句，兼傳黃竹謠。蘭萌初映砌，春霜已降霄。秋榛覆故隴，驚蓬颯迥飆。金尊與瑤席，庶足奉仁[1]嬌。

校記：

【1】仁：文淵閣《四庫全書》本《青陽集》作"阿"。

雲松樓

初日高樓上，卷幔對黃山。黃山出霄漢，爛熳發青蓮。參差非一狀，朝夕看屢妍。九華承雙[1]烏，敬亭附駢筵。漫漫雲罨嶺，沉沉松覆泉。清焱[2]坐中起，如聞帝女絃。靜有幽事樂，動無塵慮牽。消搖[3]悅心目，茲道可長年。

校記：

【1】双：文淵閣《四庫全書》本《青陽集》、《元詩選·初集》作"雙"。

【2】焱：文淵閣《四庫全書》本《青陽集》、《元詩選·初集》作"飆"。

【3】消搖：文淵閣《四庫全書》本《青陽集》作"逍遙"。

楊平章崇德樓

重城控秋塞，丹樓耀芳甸。頳[1]霞上氛氳，蒼林下蔥[2]蒨[3]。長河城邊急，積岨[4]窗中見。遠鴈滅居延，行雲歸鄯善。大賢謝卿相，垂幃化鄉縣。春虫[5]觸寶瑟，餘花飄玉研。方從董園樂，陋彼歌梁轉。伊予去山澤，寒齋秋草徧。載覽登樓篇，益重臨淵羨。

校記：

【1】頳：文淵閣《四庫全書》本《青陽集》、《元詩選·初集》作"頳"。

【2】蔥：文淵閣《四庫全書》本《青陽集》作"蔥"。

【3】倩：文淵閣《四庫全書》本《青陽集》、《元詩選·初集》作"蒨"。

【4】岨：文淵閣《四庫全書》本《青陽集》作"岫"。

【5】虫：文淵閣《四庫全書》本《青陽集》作"虫"。

送王關赴泗州行捕提舉

蒼茫吳楚會，縱橫淮坂流。春冰未泮渚，芳杜已生洲。楊[1]旌朱樓前，張獵青山幽。獻功效大兒，亦致公子裘。消搖[2]足爲樂，何嗟晚不侯。

校記：

【1】楊：文淵閣《四庫全書》本《青陽集》作"揚"。

【2】消搖：文淵閣《四庫全書》本《青陽集》作"逍遙"。

八月十五日處州分司對月

玄武夕始正，華月生秋旻。金波何穆穆，綠桂滿中輪。徘徊出西陸，照耀此甌閩。光流河宿隱，氣隨商律振。餘輝動軒房，紫蘭含微津。皇天降嘉歳，五政亦已陳。樂哉一卮酒，允矣同庶人。

可惜吟

春風吹人上妝樓，樓頭畫眉望池州。平生倚君似山海，十年不見胡不愁。東家買紅聘小女，西家迎鸞夜擊鼓。眼看拾翠同年人，今又堂堂作人母。良人良人固家貧，妾身待君亦苦辛。只愁明鏡生白髮，有錢難買而今春。此心懸知燕堪託，裁書繫渠左邊脚。願將妾言入其幕，纈紋資裝亦不惡。

賦得琵琶峰送人降香龍虎山

瓊峰毓奇態，高高出先天。柄超琳闕迥，盤影淥池圓。別廊標蒼樾，回窗蓄紫煙。淙流如度曲，藤蔓似長絃。肖像生儀始，希顏太古前。雖無羅袖拂，常映磵花妍。子有靈侯技，能彈《大道》篇。函香一臨眺，天際意飄然。

五言律詩

送李好古之南臺御史

都門相送處，旭日動蘭暉。綺樹鶯初下，金溝絮漸飛。分驂向遠道，把訣恋音徽。去去江南陌，應看滿路威。

送普原理之南臺御史兼東察士安

霜署起南天，雲霄畫榜懸。兩幃猶可對，二妙古難全。夏木籠彫[1]檻，風華度繡筵。時應聯騎出，誰謂非神仙。

校記：

【1】彫：文淵閣《四庫全書》本《青陽集》作"雕"。

送霍維蕭令尹

握手蘭宮外，朝光滿禁[1]塗。山寒知塞近，苑静竟鶯踈[2]。草草離樽既，悠悠征輀驅。還應軫時念，不羨执[3]金吾。

校記：

【1】禁：文淵閣《四庫全書》本《青陽集》作"徑"。

【2】踈：文淵閣《四庫全書》本《青陽集》作"疎"。

【3】执：文淵閣《四庫全書》本《青陽集》作"報"。

呂公亭

鄂渚江漢會，茲亭宅其幽。我來窺石鏡，兼得眺芳洲。遠岫雲中沒，春江雨外流。何如乘白鶴，吹笛過南樓。

宴晴江山拱北樓

漢坻開繡閣，蕭然似渚宮。晴江華楯外，列岫綺錢中。樹色青樽綠，荷花女臉紅。賢王敬愛客，樂宴意何終。

元興寺二首

絶塵軒

網軒開翠嶅，山水下葱籠[1]。江中宝牀擁，樹杪畫欄紅。心融二障滅，境静六塵空。應似青蓮葉，齊開緑水中。

校記：

【1】籠：文淵閣《四庫全書》本《青陽集》、《元詩選·初集》作“蘢”。

壓雲軒

軒轅鑄鼎處，仙臺成畫圖。寒雲生洞渚，暝色入蒼梧。如霧飄丹閣，非烟起玉炉[1]。年年漫末此，無處挽龍胡。

校記：

【1】炉：文淵閣《四庫全書》本《青陽集》作“爐”，《元詩選·初集》作“鑪”。

竹嶼

秋水鏡臺隍，孤州入森茫。地如方丈好，山接會稽長。紫蔓林中合，紅蓮葉底香。何人酒船裹，似是賀知章。

送危應奉分院上京

峽路傳清警，金輿夾綵旇。还[1]如向姑射，詎比幸甘泉。苑樹紛成幄，關[2]榆始委錢。從臣偏寵近，載筆幔城邊。

校記：

【1】还：文淵閣《四庫全書》本《青陽集》、《元詩選·初集》作“還”。

【2】關：文淵閣《四庫全書》本《青陽集》、《元詩選·初集》作“關”。

嘉樹軒　爲胡士恭作

嘉植將百歲，積翠廣庭間。高柯出閭巷，低枝蔭井乾[1]。流膏從風颺，芳氣散如蘭。別有清霜節，將同綺樹看。

校記：

【1】乾：文淵閣《四庫全書》本《青陽集》作"幹"。

禎祥蘭　爲沙伽班院使賦

舊花已萎絕，新花迺再芳。都緣禀金氣，特解傲司藏。旖旎生殘馥，葳蕤出故房。應憐蕙草質，戢穎委微霜。

賦得九里松送吳元振之江浙左轄

結駟向青郊，松陰九里遙。言從天竺寺，自度小春矯[1]。偃蹇成芝盖[2]，蕭瑟蔭蘭橈。相送將何贈，期君保後凋[3]。

校記：

【1】矯：文淵閣《四庫全書》本《青陽集》作"橋"。

【2】盖：文淵閣《四庫全書》本《青陽集》作"蓋"。

【3】凋：文淵閣《四庫全書》本《青陽集》作"彫"。

題合魯[1]易之四明山水圖

窓中望蒼翠，春水起晨霏。孤嶂纔盈尺，長松未合圍。蕭蕭此仙客，日日候岩扉。念爾空延佇，王孫且未歸。

校記：

【1】題合魯：文淵閣《四庫全書》本《青陽集》作"果囉羅"。

宋顯夫學士輓詩

紫陌暗蒼茫，松門近太行。悲箌翼唇軸，素紱引魚荒。故筆誰探取，神書永共藏。愁尋持橐地，秋陰結女牀。

雨中過長沙湖

細雨灑秋色，平湖生白波。客心貪路急，帆腹受風多。落木生秋思，驚禽避棹歌。舟行不借酒，兀坐奈愁何。

飲散答盧使君

契闊思相見，留連及此辰。長江映酒色，細雨若歌塵。所喜襟懷共，由來態度真。何時洗兵馬，得與孟家鄰。

祝蕃遠經歷輓詩

逸軌無还[1]轍，驚川有怨思。蒼苔生舊館，素簡委空帷。冀勝誰相弔，虞翻少見知。惟應問道者，盧墓薦江蘺。

校記：

【1】还：文淵閣《四庫全書》本《青陽集》作"還"。

題峨眉亭

空亭瞰牛陼[1]，高高凌紫氛。澄江萬里至，華嶠兩眉分。落日兼霞彩[2]，流光成綺紋。憑軒引蘭酌，休憶謝將軍。

校記：

【1】陼：文淵閣《四庫全書》本《青陽集》作"渚"。

【2】彩：文淵閣《四庫全書》本《青陽集》作"綵"。

南山贈隱者

君家南山下，南山果何如。開如陣雲黑，向背凌空虛。木客采薜荔，怨女詠蘼蕪。何當牽白大[1]，見君巖下書。

校記：

【1】大：文淵閣《四庫全書》本《青陽集》作"犬"。

賦得慈恩寺塔送李惟中赴西臺侍御

祇園開塔廟，遐瞰盡三秦。瑯玉裁文陛，金銅結綺輪。高摽[1]雙闕外，流影灞陵津。攬轡还[2]登眺，題名继[3]昔人。

校記：

【1】摽：文淵閣《四庫全書》本《青陽集》、《元詩選·初集》作"標"。

【2】还：文淵閣《四庫全書》本《青陽集》、《元詩選·初集》作"還"。

【3】继：文淵閣《四庫全書》本《青陽集》、《元詩選·初

集》作"繼"。

汪尚書夫人輓詩

喧喧引長綏，簫鳴閭井間。旌連綺霞閣，路指敬亭山。泉底鴛臺掩，城中翟蓋还。尚書老歸國，誰與襲芳蘭。

題周伯寧畫

殺機起無象，平陸忽成江。蒼生既猛虎，日馭經紛虹。舉目墟里間，但見蒿與蓬。惟有王官谷，于[1]今似畫中。

校記：

【1】于：文淵閣《四庫全書》本《青陽集》作"於"。

寄題環秀亭五祖寺

宗老來相報，黄梅盗已平。傳聞一峰下，还有九江橫。象構誰能壞，香臺積可成。憑詢幾小刼，又復到昆明。

葛編修輓歌 景光

昔別情何樂，今還語向誰。幽房通貝闕，空館冒蕪絲。未過徐公墓，徒懷有道碑。扁舟望湖曲，消[1]淚濕江蘺。

校記：

【1】消：文淵閣《四庫全書》本《青陽集》、《元詩選·初集》作"清"。

凌孝女詩

王裒廢蓼莪，女亦有凌娥。哭漁[1]奉慈母，淒涼蔭女蘿。幽蟬[2]啼蕙露，芳樹罷鶯歌。迢遞城南路，諸姑將謂何。

校記：

【1】漁：文淵閣《四庫全書》本《青陽集》作"魚"。

【2】蟬：文淵閣《四庫全書》本《青陽集》作"叢"。

賦得鉅野澤送宋顗夫僉事之山南[1]

堤[2]上柳沉沉，春蒲汎陼[3]禽。濟田東滙闊，汶水北流深。落日依中沚，浮雲積太陰。微茫看不盡，渾似別時心。

校記：

【1】文淵閣《四庫全書》本《青陽集》、《元詩選·初集》詩題作"南山"。

【2】堤：《元詩選·初集》作"隄"。

【3】汎陼：文淵閣《四庫全書》本《青陽集》、《元詩選·初集》作"泛渚"。

夜坐和成太常二首 誼叔[1]

片月生碣石，微光桂[2]玉弓。秋河空窅窕，遙映建章宮。哀鴻知時節，南飛正匆匆。感君思親味[3]，惻惻此心中。

牽牛表宮雉，華星動綺錢。沉沉[4]鳷鵲觀，悠悠清漏傳。無才愧三益，虛食念百廛。綿思至中[5]旦，莫繼瑤華篇。

校記：

【1】文淵閣《四庫全書》本《青陽集》詩題作"夜坐和成太常二首"。

【2】桂：文淵閣《四庫全書》本《青陽集》作"掛"。

【3】味：文淵閣《四庫全書》本《青陽集》作"咏"。

【4】沉沉：文淵閣《四庫全書》本《青陽集》作"沈沈"。

【5】申：文淵閣《四庫全書》本《青陽集》作"中"。

送張有恒赴安慶郡經歷

曉路通高嶂，春城入大江。草生垂釣浦，人語讀書緫[1]。蕭客移茶鼎，行田載酒缸。幕寮誰得似，高步絕紛厖。

校記：

【1】緫：文淵閣《四庫全書》本《青陽集》作"窓"，《元詩選·初集》作"窗"。

宋祭酒輓歌二首

文章知有數，耆舊忽先零。東井開圖畫，西山閟爽靈。司徒虛執饋，太史早栞銘。帳[1]望平原繡，時時問客星[2]。

東閣哀長別，南宮闕嗣音。相知誰復舊，爲恨[3]果如今。江漢無時返，奎文永夜深。淒涼釣魚地，落日下遙陰。

校記：

【1】帳：文淵閣《四庫全書》本《青陽集》作"悵"。

【2】星：文淵閣《四庫全書》本《青陽集》作"心"。

【3】恨：文淵閣《四庫全書》本《青陽集》作"報"。

謝堯章妻輓歌

草滿章臺墓，松欹石柱廬。憶歸司隸里，能誦伏生書。夜哭聞茅店，春祠雜[1]筍菹。傷心夫與子，塵簡若爲舒。

校記：

【1】雜：文淵閣《四庫全書》本《青陽集》作"雜"。

送李伯實下第還江南[1]已後續增

之子不得意，南行無怨辭。官河人杳杳，客路雨絲絲。古木淮陰市，春城孺子祠。悽然十[2]里別，爲賦小星詩。

校記：

【1】江南：文淵閣《四庫全書》本《青陽集》、《元詩選·初集》作"江西"。

【2】十：文淵閣《四庫全書》本《青陽集》、《元詩選·初集》作"千"。

大口迎駕和觀應奉韻二首

晨光開翠嶢，廣路净炎氛。玉馭度流水，華盖爛垂雲。既御大宛馬，还[1]朝鯤海君。都人望旌纛，樂哉歌采芹。

仗出彈箏峽，川原轂騎分。天行肅大化，時邁耀前聞。整蹕傳清道，激吹入行雲。日暮望双闕，草木亦欣欣。

校記：

【1】还：文淵閣《四庫全書》本《青陽集》作"還"。

有所思

春風起寒色，春衣方重熏。新裝捲羅幕，清唱入行雲。艷色若流月，芳澤謝蘭芬。嬋娟信無度，我思何在君。

長安陌

浩浩長安陌，瑤樓夾廣廛。鴛鴦御溝上，芍藥吹樓前。駿馬追韓嫣，金尊約鄭虔。功名有時有，且得樂當年。

伯九德興學詩

上德撫玄運，籲俊尹神京。三雍烝髦士，五學訓齊氓。登歌陳羽縣，鸞刀奉麗牲。優游樂清化，大道嘉方行。

送孫教授

皇情重聲教，宵裝爾載馳。邊城南徼外，禮殿左江陲。揖讓陳椰器，弦歌蔭薜帷。全勝宜春郭，花落閉門時。

賦得君子泉送彭公權為黃州教[1]

君子沒已久，遺井郡齋中。本寓思人意，兼全澤物功。銀牀駁故蘚，玉甃落寒桐。幾日趨官舍，橫經誦養蒙。

校記：

【1】文淵閣《四庫全書》本題作"賦得君子泉送彭公權爲黄州教授"。

賦得春雁送司臬中江西憲幕

春風起蘋末，旅雁尚回[1]翔。乳鴨嬌同嘯，新蒲短可藏。應懷洞庭水，非避塞垣霜。客路煩[2]懷舊，題書寄帝鄉。

校記：

【1】回：文淵閣《四庫全書》本《青陽集》作"四"，《元詩選·初集》作"囘"。

【2】煩：文淵閣《四庫全書》本《青陽集》《元詩選·初集》作"頻"。

賦得蛾眉亭送王德常御史赴南臺

江亭望華嵤，望望似修眉。掃黛偏能巧，含顰知爲誰。娟娟微雨裏，脉脉夕陽時。千里乘驄去，因之傷別離。

題段吉甫助教別墅圖

玉署掛新圖，如君舊隱居。峰高乃霞上，葉变是秋初。游客看常在，溪声聽卻無。只此同登望，豈必命柴車。

山亭會琴圖

連山環絶壑，雲木亂紛披。中有抱琴者，有如荣[1]啓期。蕭然久不去，問子欲何爲。

校記：

【1】荣：文淵閣《四庫全書》本《青陽集》、《元詩選‧初集》作"榮"。

五言絶句

題段[1]應奉山水圖二首

水如剡溪水，山似剡溪山。想見鱸[2]魚美，扁舟常不还[3]。

花隱玉堂署，曲几[4]對雲峰。爲問江南客，何如九里松。

校記：

【1】段：文淵閣《四庫全書》本《青陽集》作"段"。

【2】鱸：文淵閣《四庫全書》本《青陽集》作"鱸"。

【3】还：文淵閣《四庫全書》本《青陽集》作"還"。

【4】几：文淵閣《四庫全書》本《青陽集》作"幾"。

題合魯[1]易之鄞江送別圖

欲去更还顧，依依恋所知。今朝去京日，似子渡江時。

校記：

【1】題合魯：文淵閣《四庫全書》本《青陽集》作"果囉羅"。

題紅葵蛺蝶圖

蛺蝶既無數，秋花亦滿枝。終焉不飛去，似怨弄芳遲。

題溪樓

溪水綠悠悠，高樓在溪上。日暮望江南，舟中采菱唱。

文：

元統癸酉廷對策 第一甲第二名

臣對[1]：臣聞之：周武王曰：“惟天地，萬物父母。惟人，萬物之靈。亶聰明，作元后，元后作民父母。”此言君天下者凡以仁而已。臣嘗思之：天地生物而厚於人矣，而於生人之中尤厚於聖人。其所以厚於聖人者，欲其推生物之心以加諸民，是仁者人君臨下之大本也。臣謹稽天地之理，驗之往古，則仁之爲道，夏以之爲夏，商以之爲商，周以之爲周，祖宗以之而創業，後聖以之而守成，其理可謂至要，而亦可謂至難矣。恭惟皇帝陛下有聰明睿知之姿，有寬裕温柔之德，愛民而好士，神武而不殺。爰自初潛，仁孝之聲固已播聞於中外，今兹誕膺付託，龍飛當天，輕徭役，薄賦斂，罷土木之役，恤鰥寡之民，而仁厚之澤果有以大被於天下。當天下命眷祐之初，人心歸向之日，又不能不自滿，假拳拳以守成之大計，下詢承學之臣。顧臣庸愚，無所通曉，然臣觀陛下策臣之言，反復乎三代及漢守成之艱難，而深諏[2]乎今日當行之切務，自非聖心獨詣深有，以考之於古、質之於今，灼知上天作君之心與夫祖宗創業艱難之計者，不能爲是言也。臣伏讀聖策曰：“古人有言：得天下者爲難，保天下者爲尤難。”臣以爲，人之於仁，憂患而思勉者易，安樂而勿失者難。夫造草昧之際[3]，英[4]雄角逐之會，而世主之心所以不敢暇逸者，鮮不知敵國之在旁、嚴父之在上，其思所以康濟小民，惠鮮天下者，蓋饋屢輟而寢屢興，此其勢之易然者也。天下既定，方内無事，兵革不動，四荒向風。天下之臣又曰奏祥瑞豐年，頌聖德者聲相聞於朝，歌天平者足相躡於道，雖以創業之君，尚不免於不終之漸，況其後世乎？蓋治平則志易肆，崇高則氣易驕。志肆則敗度之心滋，氣驕則愛民之意熄，如是。則豈復念夫先世艱難勤苦爲何如哉？甚者至以其祖宗爲昔之人無聞知，見其先世勤儉之迹，則“田舍翁得此亦足矣”，此亦勢之有必然者也。陛下以保天下爲難，此臣所以踴躍忻忭而不自知。陛下此言，可以承宗廟，可以奉六親，可以育群生，可以彰洪業，臣拜手稽首，而爲天下賀，願陛下永永无忘此言也。臣又讀聖策曰：“自古持盈守成之君，莫盛於三代。夏称啓能敬承繼禹之道，殷称賢聖之君六七作，周称成、康能致形措。夫以禹之功而惟啓，以文武之德而惟成、康，賢聖之君之衆莫若殷，亦不過六七而已。其後，惟漢之文、景，而言文、景之治，猶不得此之三代，善繼承者，何若斯之難也？”臣以爲，惟思祖宗得天下之難者，則於保天下也斯無難。啓、太丁、太甲、太戊、祖一、盤庚、成、康、文、景之君則思祖宗創業之難而保之者也，桀、紂、幽、厲、桓、靈則反是。故伊尹之於太甲[5]，則明言烈祖之成德；周公、召公之於輔相成王也，亦諄諄於文王之典、武王之大烈。蓋知其祖宗得天下之難，則必能求其所以得之：道矣。知其所以得天下之道，則知所以保天下之道矣。夫祖宗得天下之道，即其子孫保天下之道也。孟子曰："三代之得天下也，以仁。"此仁者，祖宗得天下之道也。《易》曰："何以守位？曰仁。"此仁者，子孫保天下之道也。夫仁之難成亦已久矣，持盈守成之君若是之難得者，宜哉。臣又讀聖策曰："我祖宗積德累世，至於太祖皇帝，肇啓土宇，建帝號。又七十餘年，世祖皇帝始一天下，以致至元之治。厥惟艱哉！顧予沖人，賴天地祖宗之靈，紹應嫡統，繼承之重，實在朕躬。夙夜兢兢，未獲其道。"臣以爲，陛下此言可謂深知祖宗創業之艱難者也。當其巡天西下，又詔定西夏、懷高昌，北取遼、金，南取趙宋，其經營開創之事，有不待賤臣之言而後知。若夫祖宗所以得天下之本，則陛下之所當知也。臣嘗妄論之：我國家之得天下，與三代同。自太祖皇帝起朔漠而膺帝國，世祖皇帝揮天戈以一海內，不恃强一而其仁義之師自足以服暴亂，不用智力而其寬大之德自足以結人心。至於渡江臨鄂與建元之詔[6]，觀之，則我國家得天下之本一仁而已矣。故以曹彬之事命帥臣，而革命之日，市肆有不閒。以火易之，《大易》之"元"建[7]國號，而中統之紹，天下所歸心。太祖既以七十餘年而平一之，世祖皇帝又以四十餘載而生聚之，德在民心，功在史策，以聖繼聖，傳至陛下。吾祖宗所以得天下之道，是即陛下保天下之道。然曰未雲獲者[8]，是即文王望道未見之心也，臣何以多言爲？臣又讀聖策曰："子大夫通今學古，其求啓之所以敬承、六七君之所以稱賢聖、成康之所以致刑措，其道安在？文、景之所以不及三代，其故何繇？"及今日之所以持盈，守成，孰先孰後？孰本孰末？何以致刑措，稱賢聖繼祖宗之盛？悉心以對，毋有所隱。臣以爲，三代及漢之君，其見称於當世者雖有不同，然不過守[9]其凡世之仁而已矣，而今陛下之所以持盈守成之道，又何以他求也哉？洪水滔天，下民昏墊，而成允成功者禹之仁，啓之所以敬承者此也。啓網祝、征仇餉者湯之仁，太甲以之處仁遷義，太戊以之治民祇懼，武丁以之嘉靖殷邦，祖甲以之保惠庶民，盤庚以之鞠人謀人之保居，此所以称聖賢也。以言文王之仁，則無凍綏之老；以言武王之仁，則行大義而平暴亂。成王時制礼樂以文之而已耳，康王特奉恤厥若而已耳，其所以教化行、刑罰措，仁之浹於民故也。漢家制度，視三代雖有愧，然高帝之寬仁愛人，實滅秦、誅項之本原。文帝之務在養民、景帝之遵用成業，實卓然爲漢賢君。其不及於三代者，無太甲仁義之功無成王緝熙之學故耳。以今日之道而言，臣則以爲，守成之本仁也，所當先務者仁也，至曰功、曰利、曰甲兵錢穀、曰簿書期會、曰禁令條教，皆末而當後者也[10]。然就仁之中，而其本無先後亦不容以無序也。有先王之仁心，有先王之仁政。孔子之告顏子曰“克己復礼爲仁”，此以心言也；孟子告齊梁之君所謂五畝之宅、百畝之田，與夫學校庠序之類[11]，此以政言也。有是心，無事政，則其心終不能有治於天下。有是政，無是心，則其政亦不能以自行。必有内外本末交相通貫，是即堯舜之近也。陛下有顏淵明睿之姿，可以致修身之功。有堯舜君師之位，可以推愛民之澤；不宜狃於近功，安於卑下，而不以聖賢自期也。臣愿陛下萬機之暇，取孔孟之言而深究之，体之於身，揆之於事，求其何者爲欲、何者爲理，知其爲欲而必克之，知其爲理而必復之，明以察其幾，勇以致其決，日日而克之，事事而復之，則自心正身修而仁不可勝用矣！或於進講之際，数召大臣，廷問故老，深加咨訪：某事爲先王之仁政而未盡行，某事爲今日之弊端而未盡革，某害未去，某利未興，某賢未用，某物失所。敏以求之，信以出之，時省而速行之，委任責成而程督之，使天下疲癃殘疾得其生，鰥寡孤獨得其養，而無有一物之不遂其生，則民物安阜，而人莫能禦矣！異時陛下五刑不試如周成、康，聖賢之作如商諸王，夫然後可以荅上天玉成陛下之心、生民蘄望陛下之意、先帝茲[12]皇付託陛下之深計，而我國家時萬時億之統，可以傳之永世而無疆矣！《詩》云："宜民宜人，受祿于天。"古人有言曰："愛民者必有天報。"陛下誠如臣之所期，則申命之休將如日之昇、如月之恒矣。伏愿陛下少開天日之光，得賜鑒察，則臣不勝大幸！祇冒天[13]威，臨書不勝戰慄之至。

校記：

【1】臣對：此二字原無，據一九二三年南陵徐氏《宋元科舉三錄》景元元統元年刊本《元統元年進士錄》補。

【2】諏：文淵閣《四庫全書》本《青陽集》作"徹"。

【3】際：《元統元年進士錄》作"時"。

【4】英：《元統元年進士錄》作"群"。

【5】故伊尹之於太甲：《元統元年進士錄》作"是故伊尹之於太甲"。

【6】至於渡江臨鄂與建元之詔：《元統元年進士錄》作"至於渡江臨鄂與夫建元之詔"。

【7】建：《元統元年進士錄》作"定"。

【8】然曰未雲獲者：四庫本作"然猶雲獲者"。

【9】守：《元統元年進士錄》作"稱"。

【10】也：《元統元年進士錄》作"焉"。

【11】與夫學校庠序之類：《元統元年進士錄》作"與夫庠序學校之類"。

【12】兹：文淵閣《四庫全書》本《青陽集》、《元統元年進士錄》原作"慈"。

【13】天：文淵閣《四庫全書》本《青陽集》、《元統元年進士錄》原作"大"。

上賀丞相書

闕以微才叨蒙柬拔，伏惟閣下以不世出之才，居大有爲之位，此誠千載一遇之會，切欲奔走左右，以効微勞，以報知遇之萬一。特[1]事親日短，烏鳥情切，急急謀歸，而閣下眷顧之恩筆舌莫既。南至金華，不勝依戀。因念下之報上不限遠邇，苟有尺寸之功，即事左右之道。撫間彫瘵，屏除姦貪，所按郡縣粗見條理，特以上無知己，即罹謗議。老親衰病旋棄，諸孤煢煢，臨廬次又遭俶擾，墨衰從役，辛苦萬狀。嘗切痛恨，以爲當賢者擯棄之時，乃有天步艱難之事，仰天號痛，譬猶中流遇風波，無所維楫。私心自分惟有與城俱斃而已，仰荷天休，偶全性命。且聞閣下爲時一出，董師淮南，其喜何可云喻也！瞻望前茅，爲日已久。比聞旌節已渡大河，限於守城，不能親詣轅門以聽約束，今遣縣尹陳秉德迎迓馬首，事上常禮，借易塵瀆，伏計不拒。部內地圖就用呈上，盜賊之勢可見大端。小邑城郭不完，方議修築。去年饑饉，不能進兵，今冬欲調各縣義兵掃除餘孽。二者，非有錢粮不能成功，倘朝廷饋餉有餘，乞撥粮數萬石、鈔五七萬定，或者犬馬之力少得展布，部內之地可以澄清。外有區區之請：世祖之取江南，或日中未食，或中夜以興，艱難混一，非偶然而致也。國家經費太半仰之，非砂磧不毛郡縣之所比也。今者不幸半淪於盜，切計以爲，江南不定，中原殆難獨守。中原不守，則朝廷不能獨安。

朝廷不安，則宰相不能獨富貴。伏願廣忠集思，勉圖大業，以作穆穆迺衡。而用兵之道，所以驅人赴湯蹈火，無賞無罰，央難集事。仰瞻光範，多所欲言，粗陳其大者如此。因布區區，伏望垂鑒。

校記：

【1】特：文淵閣《四庫全書》本《青陽集》作"時"。

上賀丞相書

前聞六纛已至廣陵，遣縣尹陳秉德迎迓，想徹崇嚴。比日朔氣應祥，雪瑞屢至，伏計天聲所振，遠迩畏懷，神介動履多福，下情良慰。小邑借庇粗守，今歲賊人三次見攻，皆已克捷。但所部縣分民寨多爲殘破，止存懷寧、潛山兩縣百姓。賊勢焰焰，將及於此。城中軍壯四千，精銳者不滿千人，僅能城守，不敢抽撤。若此二縣民寨不守，孤城亦危。孤城倘危，則淮西之地盡爲盜有，長江之險誰與控制？古人謂解雜亂紛紏者不控拳，救鬥者不搏擊，批亢擣虛，形格勢禁，即自爲解。今南方之賊以蘄、黃爲之首，往時朝廷太不花平章攻其北，卜顏不花攻其西，卜顏帖木兒平章、蠻子海牙中丞攻其東，賊勢大窘，將就擒滅。忽調卜顏不花軍入安豐，蠻子海牙軍入格溪救廬州，而太不花平章亦還河南往夏，止存卜顏帖木兒孤軍駐劄蘭溪，已致盜勢復振，武昌隨陷，沿江諸戍聞風皆潰。豈天未欲平治天下，亦由人謀不臧以至此耳。今聞河南之兵已至黃州，以孤軍而討群盜，恐未易定。妄意以爲，卜顏帖木兒、蠻子海牙二枝軍馬，先系蘄、黃收捕軍數，正在大人節制之內。今二軍收捕江東，江東爲尋常，蘄、黃乃腹心之疾。一軍之中，得抽勇銳者如王達中萬戶、胡伯顏同知，使之由望江登岸，勦捕而西，餘軍留取江東，如此則不惟可以救援安慶，蘄、黄勢分似亦易破，南賊自平，所謂一舉而兩得者也。若二軍或不用抽撤，麾下兵多，切望垂念淮西之地止有此城，急調精銳三五千人，量與錢糧賞犒，與本路兵一同勦捕望江、宿松之盜，亦策之善也。自非窘迫，不敢借易幹瀆，伏冀垂察。

再上賀丞相書

前聞斧鉞出鎮淮南，兩遣屬吏詣謁前茅，皆至廣陵，道阻而还。近承台劄，伏審六纛已至耿山，降附踵至，室家相慶，以爲有穆穆迓衡之望，其爲欣慰，何可云喻？兹遣懷寧縣達魯花赤亦速甫賫狀前詣轅門呈報，兼有管見，上塵台聽。切以爲：淮南之敵今有兩枝，一枝在濠，一枝在蘄，擒必先擒其首，餘當自定。今廬州、安豐別無官軍，似难下手，惟蘄、黄乃有可攻之機。近日潛山縣報：蘄其偽官吳右丞投降，大軍攻破沿江諸寨。昨日郡人自賊中逃來，云白水包家窩義丁攻蘄水甚急。白水諸寨，萬戶陳漢所部也。西兵既進，如東首得一軍乘機并進，寇必難支。所索王建中、胡伯顏等，正係節制之內軍馬。今宣城已降，姑執猶疥癬，即目[1]文有阿魯灰平章收捕之軍，得一鈞帖，調來共攻望江、宿松，蘄、黄之寇東西受敵，決然可定。蘄、黄既定，可以合兵東定廬州、安豐，更得一重臣監軍，多與錢粮，建中、伯顏等許以優加名爵，則無不盡力，淮南有可平之望。萬若或无人可委，江西省完者帖木郎中亦可統率。謬計如此，不知尊意以爲何如？此外，又有私請：城守之急，錢粮、功賞二者而已。自兵起之初，大郡皆破，安慶以蕞爾孤城，如寸草以當疾風，賴國洪休，上下血戰，至於今日。某誠不佞，斯亦人所難能也。今倉廩匱乏，錢糧不充，所上戰功又以朝廷隔遠不得准報。今幸閣下照臨其地，若麾下錢糧有餘，曲爲接濟，城治可安。所舉有功皆出衆論，不敢置纖毫私意於其間，早與准除，庶易以使人也。兼以菲儀，就用塵瀆，此部吏事大府之常，切望不拒。

校記：

【1】目：文淵閣《四庫全書》本《青陽集》作“日”。

再上賀丞相書

春末，聞九重加惠淮土，特起大臣出鎮雄藩，罷民俱慶，如旱得雨。嘗遣懷寧縣達魯花赤奉微礼祗迓，遄間復有台衡之命，此雖一方暫失怙恃，當此多艱而得元老大賢斡旋元化，天下之難其可濟乎？某受知公門，爲日已久，軍中之事，不能悉陳粗言其略，以復上執事，皆知格亦易定，特以委任失宜。賞罰不當，以致餘孽復張，江襄大振。所謂“委任失宜”者，夫將之用兵自有其才，譬秋之於奕，非學可至。如近宋科目有文有武，兼是二者，一代幾人？而比日將兵惟用大臣，或用謫官，夫戰陳之難如赴湯蹈火，市井貧賤未得冨貴者或肯捐身爲之，大臣冨貴已極，夫復何望？又謫官者心志俱喪，豈能有爲？覆軍殺將，皆由於此。用人不效，甚至用賊。用賊之弊，尤爲難言，一則使天下豪傑有以窺見朝廷之無人，二則功多賞薄者皆起作賊之志，將恐一賊未滅，一賊復起，目前之事未見快意，將來噬臍有不可悔者矣！如安慶小邑，世襲官軍善戰者少，而善戰之士多田野市井之子。故某於此事，不盡責[1]世襲軍官，而多用田野市井之子，往往得其死力，克捷俱多。朝廷選將不限有官無官，惟擇能者用之，而以廉公大臣臨之，以行賞罰，則將得其人矣。所謂“賞罰不當”者，比見軍將勇怯，在上有若不知，而上之賞罰與外議絕不相似，頗聞慶刑之典多出愛憎，或左右便嬖爲之營幹。以近軍所賞聞見者而言，如蘭溪之功，卜顔帖木兒平章爲最，蠻子海牙中丞特因之成事者耳，而朝廷頒賞中丞居上，平章次之，中丞部内得官者數百人，而平章不過五六人。此猶不過有高下之爭耳。如廬州開義兵三品衙門，而使者悉以富商大賈爲之。有一巨商五兄弟受宣[2]者，此豈嘗有寸箭之功？而有功者皆不受賞。故寇至之日，得賞者皆以城降，而未嘗者皆去爲賊。夫用兵之道，紀律爲先，故街亭之戰，武侯不得不誅馬謖，知高未破，狄青不得不誅陳曙。比觀諸將，略無忌憚，擁兵不戰，誰與相督？寇至棄城，無復問罪，不惟不罰，甚又賞之，遷官增秩之功無異。故之攻城如燎毛，兵之柘地如拔山。某之守此，智勇俱乏，特以有功必賞，有罪必罰，奉以至公，罔敢阿比，是以列郡多陷，小邑獨存。朝廷苟於諸部悉以廉公大臣監之，信賞而必罰，天下亦不難定矣。夫江南不定，則中原不能獨守。中原不守，則朝廷不能獨安。朝廷不安，則宰相不能獨富貴。此膚淺易見之説，豈足爲明智而言？計亦大賢之所不厭聞也。夫某之不肖。豈定亂之才？特此邦之民天性忠義，故易與爲守，而難與爲亂。然亦戰守五年，大小咸弊。迩日江南郡縣皆破，此邦獨完，如洪爐片雪，大可凛凛者也。謹遣奏差丁正前詣台階白事，諸所請求具如別幅，伏望鈞慈曲爲准報，豈特門下之士賴之，孤城得安，江淮有可定之緒，亦國家之利也。謹奉狀上陳以聞，伏冀照察。

校記：

【1】貴：文淵閣《四庫全書》本《青陽集》作“用”。

【2】宣：文淵閣《四庫全書》本《青陽集》作“賞”。

與中書參攻成誼叔書

別後凡三奉書，而使者久皆不還，伏計道梗，不能上達。閣下位望日隆，負荷日難，特切爲之縣心。比聞賀公復相，迺大可慶，然聞尚在軍中，不知置左右者何人？相知曾見任否？江淮賊勢本不難定，特以考察不明，刑賞失當，諸將玩愒，遂致難圖。區區小邑，雖曰上下一心，幸爾完固，大類紅爐片雪，實爲可憂耳。今長江萬里，止存此城，如大病之人命脉未絕，猶有復生之理，失今不救，則首尾衡決，江南大難定也。茲遣奏差丁正等前赴左右白事，諸所請求，惟閣下是賴。倘蒙朝廷俱賜准報，不惟此邦之幸，未破城邑孰不以安慶自勉？國家亦有利也。縷縷之言，具別幅上陳。不善爲斷，使還賜教，以匡不及，不勝幸荷。不具。

與月可察爾平章書

自旌麾致討高沙，兩書奉狀候問起居，皆以道梗不能得達。比聞兵威振揚，賊勢消岫，驛置頗通，謹遣山長秦宗德，千户也先帖木爾持微礼謁轅門，獻歲發春。伏惟履茲新正，即清気褢，天下蒼生，均蒙福祉。

與國子助教程以文書

近叔良過舒，始聞動履之悉，所寄高詠，尤慰下懷。《乾坤卦說》問商主簿，言已付貢公，想惟所獻藏此，真玩齋矣。多事以來，不特僕輩受此荼苦，聞館閣文臣亦有差使之勞，此際當得優游。子美近有書，言鄉人多相思者，欲取公還山中，斯文無人，得且住爲好。紀千户輩如京師，軍中諸事，左轄公話次，得贊助一言，早賜准報爲荷。僕至軍時，賊勢方熾，然心安去歲，又有讀書之樂。今年賊浸平，惡況百出，每俗事不如意，歸思浩然。近又有同知之除，似未即得歸矣，奈何！奈何！自牧聞除礼部，向有一書見寄，手病不能裁答。彥中惜未嘗一見，歆羡歆羡，並煩致意。何時聚晤，話此苦辛？未見，自爱。不既。

與曾舜劉書

別後屢得書及紙墨之惠，良仞[1]契誼。江西德星所聚，年穀屢登，深爲可喜。徐鄒之寇，僕久與之比鄰，無長，不足畏，況於己衰而逃者也？下眠此間窘迫，則公等皆天上人也。徐朝升糴粮江右，百望維持，得滿載早歸爲好。有便時時惠教，雖相遠，即同見也。餘惟自望，不具。叔良佳否？煩道致意。手病，不能多書。

校記：

【1】仞：文淵閣《四庫全書》本《青陽集》作“感”。

與危太樸內翰書　至正九年五月五日[1]

闕再拜啓[2]：史館兩得徯游，豈勝荣幸！區區南行，又辱盛餞，尤其感烈也。鄉暑，伏想文苑優游，雅候動履多福，良慰良慰。友人趙子章北上親光，謹此附謝。子章有學而能詩，佳士也，得公眄睞，當價增之十[3]倍矣。仲舉、志道、以聲、景先、中夫、希先、鳴謹諸先生慶不及別狀，望致下忱爲感。餘惟自重，不具。

五月五日，闕再拜太樸内翰先生閣下[4]。

校記：

【1】寫作時間據文淵閣《四庫全書》本《書畫匯考》卷一八標示。

【2】闕再拜啓：此四字無，據文淵閣《四庫全書》本《書畫匯考》卷一八補。

【3】十：文淵閣《四庫全書》本《書畫匯考》作"三"。

【4】"五月"至"閣下"：此二句原無，據文淵閣《四庫全書》本《書畫匯考》補。

與劉彦昺書

闕記事奉復彦昺茂異文契足下，李宗泰來，辱四月中教墨，且審舟楫善達無虞，深慰所想。兼承葛布、銅香、模璧、魯紙諸貺，感佩感佩。所聞京兆公還朝、蘄黄官軍捷音，可喜。區區孤城無援，粮乏兵虛，願望者皇天悔禍耳。先大夫墓銘率爾呈醜，軍務鞿鞚，殊無清貺，幸刪削之。春雨軒集中，樂府擬題甚古，中朝名賢多未如此用心，五七言亦佳，欲作數語，冠於集首，竢後便當寄達也。景濂宋先生文集，不審板在何處，得一本寄惠爲幸望介意耳，附去漢椒二斤，大能明目開胃，亦服食所宜也，風塵滿眼，關河阻修，何時良晤，獲文字之益也耶，斯文寥寥令人短氣便風，幸垂音問以慰懷想，老懷耿耿，臨書馳神秋向熱，惟多愛爲，吾道自重。

與子美先生書

闕稽顙再拜：去歲，聞賊陷徽州，漫不知尊兄何在，日夜縣縣。後得帖元帥報，始乃下懷。不知書院如何？去春，寇迫鄉城，僕始走六合道，數遇賊，幾陷者再。客居臥病，又爲淮帥所捉，使從軍合肥。合肥氣數上下雷同，賊至，即爲走計。一有言守禦者，衆輒相視如讎人，大恐淪胥以敗。尋得調戍安慶，私竊自幸，以爲頗得展步矣。到鎮以來，丁賊之衰，一戰却之。往時賊月一再至，今不至者八月餘矣。諸軍且會漢鄂，九江、蘄賊大窘，度不久當成擒。惟濠壽主將未甚得人，未見涯涘耳。僕平生以親故奔走四方，近終養，將謂可遂羈鳥故林之願，不意際此欃槍，殆命也。亂注《易》説，廿餘年不得成。頃在行間，又大病，常恐身先朝露，徒費心力。今幸不死，且粗脱稿，何時盍簪以求正其遺缺，臨風傾注？王仲温行，謹附承動静，不覺多言如此，相見當如何？餘惟自重，不次。七月三日，闕謹啓子美聘君先生閤下。病後，有心疾，作書多錯，皇恐！

與子美先生書

闕拜啓子美聘君先生執事：王仲温還自新安，領所答書，憂懸方置。聞師山書院又獨存，尤以爲喜。僕自前歲冬寇退之後，即大病，不飲食者廿餘日，自以爲戰不死即病死矣。其後幸愈，而氣體覺甚衰。因念平生雖忝登仕版，而甚奇不偶，未嘗少得展布所學之一二。而《易》者，五經之原，自以爲頗有所見，其説草具而未成書，遂取至軍中修改。今友生輩録出，或者後有子云好之，亦不徒生也。比日賊勢浸有澄清之象，賤體又頗強，尚冀可以少進，未敢示人也。寒舍書籍在莊上，亂後散失者十七八，聞館中書籍亦然，甚可惜！徽有鶴山《易集義》，吾家有之。比歸點視，止存三五冊。其版在否？若亦燬，得勸有力之家刻之爲好。以文屢有書，觀其字畫，恐亦有老態。業景淵，聞知婺源有政聲。此人甚有治才，若益加勉，當不在人後，望時有以教之。徽人之來舒者，時惠書爲望。且晚洗甲，即告退。念欲南遊一番，未知得所願否？未見，自重，不具。二月五日闕再拜。

與子羹先生書

闕啓：程客還，附書，并令取王仲温處大字去，此時想至左右矣。秋清，鄰壞計定，山林得安處，可以爲慰。敝邑粗守，然未見大定之日。何時釋此重負，消搖以奉清言如雙溪時也？以文在翰林，嘗苦差遣，所除助教，可無此苦。此左右所欲聞，漫以爲報。鄉人施子有家童往婺源，淮椒一裹奉寄。未見，千萬保重，不具。九月四日闕拜啓子美聘君先生執事。（以上明刻本《鄭師山道文》附錄）

復陳景忠修撰書

闕啓子山修撰：遞至所寄書，承諭令先世死事，辭義懇至，此正仁人孝子之用心。比來遣使購求四方野史諸書，宋故家子孫少有送上者。豈歷年既久，文字散亡？或子孫衰亡不能記憶，而下材者不知暴揚先烈，亦庸或有之也。僕朴陋無似，惟平生於人一言一行之善即喜稱道，況宋之亡降者甚多，而死義者甚少，豈不以降則生且富貴，而死者人之所甚難也？夫能舍其生且富貴，而行人之所甚難，此非若一言一行之善，猶可勉而爲者，而史者所以發潛德、誅姦諛，所宜急急暴著，以諷屬天下，而爲名教勸，非特爲宋氏計。令先世事，僕所以遲遲不可決，非敢少有他志，特以德祐時國家分崩滅亡，皆無著作，而樞密院牘載常事特略，野史所紀特姚王劉事，又皆紛紜失真，而陳通判無能知者。夫家傳不敢盡信，先輩屢有是言。必參稽衆論，有可征據而後定。聖人於夏殷之禮詳矣，然猶征於杞宋之文獻，況其下者乎？況其文獻無足征者乎？雖君子善之，使足下處此，亦不易也。近書庫中始得德祐日記數冊，陳通判事始見。蓋姚嵩之常在三月廿五日，劉師勇復常在五月五日，陳通判之以載入辟在十八日。時陳見攝西倅，復常之日，姚亦後至，見於劉師勇之奏。君家所紀，亦傳聞之誤也。謹以載入史中，不敢遺落。人禍天殃，豈不畏哉？昔歐陽公作《五代史》，不爲韓通立傳，人以爲非第一等文字。要是宋人避忌太甚，如黃太史修《宋書》，用見聞，幾陷大禍。今幸我朝至仁，世祖皇帝爲金死節人立碑，聖上詔修三史，凡死節者命一切無所忌諱。夫古之良史，殺三人而猶執筆以往，況今遭逢聖明，何苦而爲不肖之行如陳壽輩哉？香筆之類，今士大夫往來之常，固不必辭。然恐有乞米之嫌，茲用納上。高文足見筆力，歆羨！歆羨！何時合并，以副所懷？秋高，千萬自重。不具。（清光緒七年刻本《無錫金匱縣誌》卷三六，光緒十二年刻本《常州府志》卷三三）

勉勵葉縣尹手批名伯顏

告青田縣尹葉承事：聖天子憂憫黎元，而承宣者不能道揚德意，反以屬民。君蒞邑之初，即有政平訟理之譽，若漢黃霸、魯恭，皆可師法。《詩》云："靡不有初，鮮克有終。"君尚益修美政[1]，以追配於前人，固不偉歟？公堂酒二樽，專人奉勞。

校記：

【1】君尚益修美政：文淵閣《四庫全書》本《青陽集》作"君尚宜益修美政"。

送歸彥溫赴河西廉使序

河西，本匈奴昆耶休屠王之地，三代之時，不通於中國，漢始取而有之，置五郡其間。自李唐以來，拓跋氏乃王其地，號爲西夏。至於遼、宋，日事戰伐，故其民多武勇而少文理。然以予觀之：予家合淝，合淝之戍，一軍皆夏人。人人面多黎墨，善騎射，有長身至八九尺者。其性大抵質直而上義，平居相與，雖異姓知親姻。凡有所得，雖簞食豆羹，不以自私，必召其朋友。朋友之間，有無相共，有餘即以與人，無即以取諸人，亦不少以屬意。百斛之粟、數千百緡之錢，可一語而致具也。歲時往末，以相勞問。少長相坐，以齒不以爵。獻壽拜舞，上下之情怡然相護。醉即相與道其鄉鄰親戚，各相持涕泣以爲常。予初以爲此異鄉相親乃爾，及以問夏人，凡國中之俗，莫不皆然。其異姓之人乃如此，則其親姻可知矣。宜其民皆親上死長，而以彈丸黑子之地，抗二大國，傳世五六百年而後亡，非偶然也。自數十年來，吾夏人之居合淝者，老者皆已亡，少者皆已長，其習日以異，其俗日不同。少貴長賤，則少傲其長。兄強弟弱，則兄棄其弟。臨小利害，不翅毫髮，則親戚相賊害如仇讐。予猶疑江淮之土薄而人之生長於此者亦因以變，及以問夏人，凡國中之俗，今亦莫不皆然。其於親姻如此，則異姓之人可知也。夫夏，小國也，際時分裂而用武，必不能篤於所教，而區區遐方，教之亦未必合於先王之法。及國家受天命，一海內，收其兵甲而摩以仁柔，養之以學校而誘之以利祿，今百餘年於茲，絃誦之声，內自京師，達於海徼，其教亦云至矣，而俗乃日降如此，吾不知其何説也！我祖宗之置肅政廉訪司於天下，大要以風俗爲先，而其職以學校爲重，故世謂之風憲，是得先王爲治之意也。故嘗選任尊官，非道德爵位出乎庶僚者，不得與是選，所以爲民表也。今皇帝用崑名公爲御史大夫，公乃歷選朝著，盡拔諸名臣爲廉訪使，而無歸君彦温以樞密院判官而爲河西。君少擢科目，能古文辭，有大節，由國子博士五轉而遷是官。今爲廉使於夏，必能與學施教，以澤吾夏人。吾夏人聞朝廷以儒臣爲尊官以蒞己，必能勸於學，以服君之化，風俗必當丕变，以復於古，其異姓相與如親姻，如國初時，如余所云者矣。故道吾夏之俗，以聖吾歸君焉。

送月彦明經歷赴行都水監序

中國之水，賴禹治之而悉平。而河獨爲患至今未已者，何也？河失禹之道，而治河者不以禹之所治治之也。盖河出崑崙，合諸戎之水，東流以入中國，其性動勁悍，若人性之有強力。其來也甚遠，而其注中國也爲甚下，又若建瓴水於峻宇之上，則其所难治也固宜。且中原之地平曠夷衍，無洞庭、彭蠡以爲之滙，故河嘗橫潰爲患，其執非多爲之委以殺其流，未可以力勝也。故禹之治河，自大邳而下，則析爲三[1]渠，大陸而下，則播爲九河，然後其委多，河之大有所寫，而其力之所分，而患可平也。此禹治河之道也。自周定時，河始南徙。訖於漢，而禹之故道失矣。故西京時，其受患特甚。雖以武帝之才，乘文景富庶之業，而一瓠子之微，終不能塞，而付之無可奈何而後已。自瓠子再決，而其流爲屯氏諸河。其後，河入千乘，而德、棣之河又播爲八，漢人指以爲太史、馬頰河者。是其委多，河之大有所寫而力有所分，大抵偶合於禹所治河者。由是而訖東都至唐，河不爲患者千數百年。或者以謂王景隄防之力，乃大不然。使無屯氏及德、棣諸河，河之大無所寫，而力無所分，景以尋文之防而捍，猶螳螂之駕[2]而可以捍大車之奔，吾不信也。惟河之委既多，大有所寫，而力又有所分，景之隄防特以捍漸水之衍溢者耳。比趙宋時，河又南決。至於南渡，乃由彭城合汴、泗，東南以入惟，而漢之故道又失。以河之大且力，惟一淮以爲之委，無以寫而分之，故今之河患與武帝無異。余嘗以爲：中國之地西南高而東北下，故水至中國而入海者一皆趨於東北。古河自龍門即穿西山，踵趾而入大陸，地之最下者也。然河，天下之獨[3]水也。凡水一石，率泥數斗。嘗道出梁、宋，觀河所決，凡水之所被，比其去，即穿居、大木盡沒地中，漫不見踪跡。河之行於地方也數十年[4]，而河徙千乘。自漢而後，千數百年，而河徙彭城。然南方之地本高於北，故河之南徙也难，而其北徙也易。自宋南渡，至今殆二百年，而河旋北，迺其勢然，非有他説也。比者河北破金堤，輸豐、沛、曹、鄆，諸郡大受其害。天子哀民之墊溺，迺疏柳河，欲引之南，工不就。又遣平章政事嵬名公、御史中丞李公及禮部尚書泰不花公沉兩珪有邸及白馬而祀之，河之患不已。乃會諸老臣集議治河者，諸老臣無能言其説，獨尚書泰不华公以爲當濬河棄道，復引河以入彭城，而待制楊梓人力以爲棄道不可濬，設使濬之，而河未必能入。廟堂無所徔，遣都水使者相其便害。或者以爲當築隄，起曹南，訖嘉祥，東西三百里，以障河之北流，則漸可圖以導之使南。廟堂無彶之。乃置都水分監以任其事，選朝臣之知水者爲都水。而吾同年月月君彦明爲元幕，將行，以問於余。余不知河事者，雖然，諺有之曰："不習爲吏，眂已成事。"以事已成者爲君言，則古所以治河者可見也。今河惟不反故道，則其勢可障，而排之使南，使反於故道，由漢之千乘以入海，則國家將無水患千餘年，如東都與唐之時乎？今禹之九河既不可復考，而河亦不復德、棣之間。漢人指以爲太史、馬頰河者尚未泯，可尋究如縷。河之道是，將大有所寫而力有所分，非若一淮之小，而扼其勢，而使之橫潰，爲吾民害也。今夫廟堂之議，非以南爲壑也，其慮以爲河之北，則會通之漕廢，其係於朝廷甚重。余則以爲河北而會通之漕不廢。何也？漕以汶，而不可以河也。河北，則汶自彭城以下必微，微則吾有制而相之，亦可以舟以漕。《書》所謂"浮于汶，達于河"者是也。余特欲防鉅野，而使河不妄行。俟河復千乘，然後相水之宜而修治之。特一人之私言也。朝廷方事隄防，固無事此，迺以彦明言者似迂遠而不切也。萬一隄防不足以禦河，則余之言或有時而驗焉。故爲之敘。

校記：

【1】三：文淵閣《四庫全書》本《青陽集》作"二"。

【2】駕：文淵閣《四庫全書》本《青陽集》作"臂"。

【3】獨：文淵閣《四庫全書》本《青陽集》作"濁"。

【4】河之行於地方也數十年：文淵閣《四庫全書》本作"河之行於地也方數千年"。

送樊時中赴都水庸田使序

國家置都水庸田使於江南，本以爲民，而賦筬爲之後。往年，使者昧於本末之義，民嘗以旱告，率拒之不受，而盡徵其租人。比又以水告，復逮繫告者，而以爲姦治之。其心以爲，官爲都水，而民有水旱之患，如我何？於是吳越之人咻然相譁，以爲屬已。會天子問民所苦，迺以爲民實水非姦，遂劾逐使者，破械縱民，而以聞上。朝議乃歷選公鄉有學術知大體者爲之使，而吾樊君時中以江南湖北道肅政廉訪使而遷是職。自君之來，官僚叶[1]和，吏畏民服，政以大行。命下之曰，無不相視嗟咨，以惜其去。獨其友余闕躍然曰東南民力，自前已謂之竭矣。況今三百餘年，昔之盛者衰，登者耗，今其貧者力作以苟生，富者悉力以供賦，有持其產爲酒食予人，人皆望而去之，其窮而無告，甚於前世益遠矣！其可重困之？今而得賢使者以蒞之，修其溝澮，相其作息，不幸而有水旱之災，則哀矜而焉之所，民之窮者其少瘳矣乎？今之木之實繁者其枝披，其本疏者其幹拔，況於國與民乎哉！故善樹木者簡其實而厚其本，善爲國者疏其賦而厚其民，理之較然者也。時中慷慨有大志，臨大事果毅，不擇利害而爲之。今其行也，其能有以大慰吳越之民望、以副朝廷之倚注也必矣！二月初吉，式發鄂城，卉木繁盛，寶僚具在，各爲詩以稱美之，予故首序焉。

校記：

【1】叶：文淵閣《四庫全書》本《青陽集》作"協"。

送范立中赴襄陽詩序

宋高宗南遷，合淝遂爲邊地。守臣多以武人爲之，九十餘年間，未嘗一歲無兵革。故民之豪傑者皆去而爲將校，累功多至節制。郡中衣冠之族，惟范氏、商氏、葛氏三家而已。三家之在當時，貴不過通判，顯者或至知縣與府，族亦未甚大也。皇元受命，包裹兵革，休養元元。民既富庶矣，而又修禮樂，定治具，諸武臣之子弟無所用其能，多伏匿而不出。春秋月朔，郡太守有事於學，衣深衣，戴烏角巾，执籩豆罍爵，唱贊道引者，皆三家之子孫也。故其材皆有所成就，至學校官，鱻鱻有焉。當宋季時，諸武臣之富貴，眡三家蔑如也。而百餘年之後，惟儒家子入爲弟子，出爲人師，隨其才之大小，皆有聞於時。雖天道忌滿惡盈，而儒者之澤深且遠，從古然也。范氏世多聞人，立中尤通敏，由郡直學爲襄陽教諭。宋亡時，蜀流寓之士多在江漢，意必有老成典刑[1]人也。有老成典刑[2]人與之遊，立中此行將大有得，范氏之後有大顯者，必立中也。於其行也，書以贈之。

校記：

【1】刑：文淵閣《四庫全書》本《青陽集》作"型"。

【2】刑：文淵閣《四庫全書》本《青陽集》作"型"。

李克復總管赴贛州詩序

仁皇帝即位，録懷來功，致高位者無慮數十百人，獨韓國李公以甘盤之舊爲最顯。位平章，總百度，君臣一德，銃精治古。而韓公相業見称於天下後世者，設科取士其最也。元統初，余忝論薦，計偕如京師，與諸同年求韓公子孫，得今伯徵太常相往來，又識克復屯田於京師。比來佐泗州，而君復爲泗州屯田提舉，日與君處。念天下士所以復見前代實與之盛者由韓公，士不及見韓公，見屯田，不其猶見韓公乎？且與太常同年，恳使納礼，故以太常之事君者事君。朔月歲時，必從諸僚友造君第。君暇，亦輕裘緩帶，以一小吏持馬過我，我必爲之傾盖而後去。君色嚴而氣和，有學而知体，坐終日屹然，於先朝人物故實無不熟而知，聽其言，亹亹如環之無端，坐客無能置一辞也。去年秋，既書滿，宰相以君有門閥，且久更事，非散地所宜處，奏爲贛州路總管。州之長貳及諸屯田，與九州之人往賀君。闕在次，舉瑹拜君；言曰："仁皇帝之文德人人也深，天下不忘仁皇帝，必及於韓公。朝廷、録動舊家，首言君。斯文之興可俟矣！請以爲天下賀。"又曰："韓公能以道術昌其家，君兄弟能保功名以有光於韓公，致中二千石，請以賀君。"又言："江之西，文教之盛者曰吉、曰贛，多士彬彬焉。人之所以屬於學，科目之興也。於韓公之始而屬禮於學，獨不於韓公之季以治哉？贛雖號难治，君處之，余知其爲易也。請以賀。"於是程泗州賦詩四韻，坐客人士皆爲詩以道其行，使書吾説以爲引。

送萬元哲序

文者，物之成章者也。在天而爲三辰，在地而爲川岳，其在於人，若堯舜之治化、孔孟之道德、仲由之政、冉求之藝，一皆謂之文。今持以言辭之精爲文者。夫言之精，莫精於周公、孔子。二聖人之於言，豈有求其精而然哉？而其文何其若是其蔚也？其楊雄、司馬相如、韓子、歐陽子始號爲工於文者，彼其於周公、孔子之文，非不欲窮日夜之力、極一世之所好，孜孜焉追琢磨礪以求其精，而卒不能至焉。濂溪、二程大子之學，其視揚雄、司馬相如、韓子、歐陽子，蓋有所不暇，然味其言，淵然而深，雄然而厚，睟然而醇，使得列於聖門，雖顏子、曾子將不能過。則夫言之精者，又若不待窮日夜之力、極一世之所好，孜孜焉追琢磨砺，以求至於聖人而後賢[1]此無他，聖賢道德之光積中而發外，故其言不期其精而自精。譬猶天地之化，雨露之潤，物之魂魄以生，葩華毛羽，極人之智巧所不能爲，亦自然耳。故學於聖人之道，則得聖人之言。學於聖人之言，則非惟不得其道，并所謂言胥不能至矣。金谿葛元喆舊以文章名江南，既擢第，其文又傳於京師。衆謂元喆之文宜爲天子粉飾太平、鋪張鴻業，以傳於後世，會有守宰之選，遂以爲興化録事。余知元喆終以文選，非久於外者也，於其别也，故與之論文。

校記：

【1】賢：文淵閣《四庫全書》本《青陽集》作"已"。

送許具瞻序

余讀《周易》之"謙"，未嘗不掩卷而歎曰："聖人待小人之心，一何如是其至也？"夫陽，君子也；陰，小人也。小人盛，則干君子，故陰至三則履。君子盛，亦未嘗不下小人，故陽至三則謙。謙，虚也。陽本實而云虚者，不自滿假，故屈而下於陰也，是謙以下爲德者也。初而謙謙，下而又下者也。二則浸以上矣，故以鳴謙。鳴者，以言謙也。三則益上而位高，故以勞謙。勞者，以功謙者也。以功而謙，厚之至也。厚之至，而民焉有不服者乎？故三之辭曰："勞謙，君子有終。"謙而民既服，君子之道終矣。謙既終，民既服，進而之四，何施而不可？聖人之心猶以爲吾之待小人者未之厚也，又自反而撝謙，故四之辭曰："無不利，撝謙。"其德已厚，其謙已撝，進而之五，而小人者之終不可以化入也，於是乎有侵伐之師，故五之辭曰："不富以其鄰，利用侵伐。"不富以鄰，德之盛也。利用侵伐，順之至也。聖人之待小人，至是可謂盡心焉耳矣。昔者禹征有苗，苗民逆命。益之贊禹，惟在於謙，禹遂有舞干之舉，此其所謂撝謙也。謹猶撝而未格，則其

侵伐者禹終得而已乎哉？祖宗受命，汎[1]掃六合，以有堯舜所未
有之天下。聖天子紹承熙洽，爱民猶子，堯舜之仁不是過也。頃
者盜起海隅，剽民財，犯官漕，其罪可誅，而區區赤子又特一將
校之力所能舉，迺不以爲罪，止於招諭。盜又止我省臣以求降，
此尤可誅也，而亦徇其請，且曰："德不下宣，此吏之罪。"遂盡
变易並海之爲宣慰及其郡縣之官，選能當其任者，得三十八人，
親御便殿，給符傅而諭遣之。嗚呼！此所謂"無不利，撝謙"，而
禹之所以待苗民者也。三十八人之中，天台許君具瞻當治鄞。具
瞻，余同年進士也，其行端潔，其材勇以幹。前知武義時，攝金
華縣事，武義之民群訴憲府，請還君。金華之民亦群訴於憲府，
留君不欲其去。其得民如此，可謂稱兹選矣。故余爲道聖天子愛
民之深與夫所用具瞻者如此，非惟勉具瞻，亦以告夫民也。

校記：

【1】汎：文淵閣《四庫全書》本《青陽集》作"迅"。

贈刑部掾史鎦彥通使還京序

舒岸大江爲城，北走英、潁，南亘番、歙，西通黃、蘄、湘、
漢、鄂、岳，東距鳩巢，所謂四通八達之地也。自之興，所在從
亂，舒介其間而獨徇義秉節，不與之共戴天。故群盜環攻之，舒
亦不少屈撓。日治矜[1]戟弓矢，以興之相格鬥。盜大至，則男操
兵，婦給餉，童子負瓦石，空巷乘城，與之決戰。如是者今五年，
其勞如此。故其富者日貧，而貧者日死，以耗。入其市，廛里蕭
然。適其野，榛莽沒人，不見行跡。至其館，簠簋不治，餼牽不
具，委積不充。使者之道此，怒而去者往往有焉。其以公事來者，
多眄睞以爲喜愠。喜爲春溫，愠爲秋凛，或怒而去，則民相與踧

踖，曰："禍其始此耳！"不甘食安處者累月而未寧，逮無事迺已。浚儀鎦君彥通爲秋官掾，亦以事來。居郡浮圖，每食蔬一器、飯一盂，饋之珍羞則辭，賚之財則艴然以怒。持節至軍中，勇者執手以勉之，創者涕泣以勞之。其居此特久，而民愛之如始至，惟恐其去已也。傳曰："有功而見之，則說也。"君重其民情而閔其勞，民之說也亦其宜也。臨川毛順孫受君尤至，與士大夫賦詩以美之。余故處合淝，知君爲掾廉而有能，以爲士之美君者非譽也，故序而冠諸其首。

校記：

【1】矜：文淵閣《四庫全书》本《青陽集》作"稍"。

爲高士方壺子歸信州序[1]

堯舜之時，以幽并爲朔易，元興，舉堯舜未有之天下而一之，而幽并始爲土中，以爲四方之極。然其地去荊楊數千里，而氣苦寒而多風，非其土着，至則手皸而足裂。其居處服食，異用絺葛、果茗魚鱐之物，不能以易致，皆性之所不便。故南方之人其至者恒少，非爲名與利，無役而至焉。又況浮圖、老子之徒以遺外世俗爲道，其於名與利，蓋有所不屑，故其至者尤少。或至焉者，則亦名利之人也。高士方壺子，至正中至自信州，余始遇之，以爲名利之人也。徐與往末，見其氣泊然，其貌充然，人與之譚當世之事，則俛而不苔。獨其性好畫，人以禮求之，始爲出其一二，皆蕭散，非世人所能及。嘗爲余言："太行者，天下之脊。而居庸、虎北者天下之岩險也，其雄傑奇麗非江南之所有天府之藏王公鉅人之所有皆古之名書，余所願見者今皆見之，而有以慊吾志、充吾之所操，吾非若世俗者區區而至也。"余曰："賢哉方壺！其古所謂善操技者與？夫輪扁之爲斲，知斲之爲美，不知有王公之貴；知斲之爲得，不知有晉楚之富。故其爲技也，古今之善斲者莫加焉。今子幾於是矣，其有不臻於古者耶？吾黨之學者苟遷於物，其尚能望子耶？"於其行也，相率爲詩以贈之。

校記：

【1】文淵閣《四庫全書》本《青陽集》題作"高士方壺子歸信州序"。

送李宗泰序

淮東南西北道之地，其民忠而能守国者三郡，曰廬、壽、舒。自之興，壽守先治戰儆，與民爲守，至輒敗。然不能保其近地，民無耕收，而長淮之餉道又絕，以致父子相食而後潰。廬大郡，其南沮澤之地大而有名者三十六，俗名之曰圍地，廣而足耕。而守與將才下，余嘗識之，凡其日之所營、夜之所思，非宴樂之事，則掊克之政也。民有持末粗於門者，則曰召使，奪而辱之。民饑以死，城大而不能守，乃斂四境鄉兵以守之，又無以食。以賦富者大都剽吏，殺人而莫之禁，至以其兵去之，城遂陷。余至舒時，国門之外數十里之地皆盜棚也。幸戰而勝，乃爲攘剔旁近之地，令民耕之，築壘以護其作役。其不能耕者時節，与之繕城隍，修予戟，而又明其政刑，平其賦斂，治其爭訟，朞月而頗張。今民之勇者無敢譁，弱者無所悵，如承平特然，惟教民之術有未治耳。方將與學士修其庠舍，共講唐虞治道、夫人性命之説，則禍亂有不足定者。若姑孰李宗秦，志學而行端，又吾所當延而礼之者也，而力不足。宗泰族人陷在姑孰者聞多自拔於宣，將往來之，又義之所不敢止者，姑序吾懷而與之別。

楊君顯民詩集序

我国初有金、宋，天下之人惟才是用之無所專主，然用儒者爲居多也。自至元以下，始浸用吏，雖執政大臣，亦以吏爲之。由是，中州小民粗識字、能治文書者，得入臺閣共筆劄，累日積月，皆可以致通顯，而中州之士見用者遂浸寡。況南方之地遠，士多不能自至於京師，其抱材縕者又往往不屑爲吏，故其見用者尤寡也。及其久也，則南北之士亦自町畦以相訾，甚若晋之與秦不可與同中國，故夫南方之士微矣。延祐中，仁皇初設科目，亦有所不屑，而甘自沒溺於山林之間者不可勝道，是可惜也。夫士惟不得用於世，則多致力於文字之間，以爲不朽。而文辭者，有幸有不幸者。至於老而無所用矣，而其文又遂泯不顯，是又可哀也。比年，大江之南，山林之士有挾其文藝遊上国而遇知於當世，士之彈冠而起者相踵，京師大官之家皆有其客，而遇知於當世者亦比比有之。若豫章楊顯民者，抱其才蘊，不屑於科目，甘自沒溺於山林之間。當士群起而有遇之時，而又終不肯一出以干時取譽，是其中必有所負而然也。予雖不識顯民，然聞其人力學而操行，通古今之務，江南之士漸其澤而有名作[1]甚衆。其弟子之登科目、仕州縣者，亦能以政稱。其家固貧，而年又將老，迺日蕭然吟味以自樂，無少怨怒不平之氣，其殆古有道之士耶？余讀而愛之。其弟子塗穎持其所謂《水北小房集》者來京師，將刻之以傳於世，余爲題其首，使後知顯民南州之士有所負者也，是蓋有道之士也。

校記：

【1】作：文淵閣《四庫全書》本《青陽集》作"者"。

貢泰父文集序

余天性素迂，常力矯治之，然終不能入繩墨。矯治或甚，則遂病，不能勝。因思，以爲迂者亦聖賢以爲美德，遂任之，一切從其所樂。常行四方，必迂者然後心愛之而與之合。凡捷機变者，雖强與之，然心終不樂也，故暫合而輒去。京師，天下声利之區也[1]，迂非所宜有。嘗陰以求之士大夫之間，得一人焉，曰貢泰父。泰父故學士仲章君之子，能詩文。少游太學，有時名，因自貴重，不妄爲進取。有所不可交者，亦不妄與交。故吾二人者驪然相得，若魚之泳於江、獸之走於林也。時泰父爲應奉翰林文字，固多暇者，即與聚。盍有蔬一品，魚一盤，飲酒三行或五行，即相與賦詩論文，凡經史詞章、古今上下治乱賢否、晶書彝器，無不言者。意少適，即聯鑣過市，據鞍談譃，信其所如而止。及暮，無所止，則相與問曰："將何之？"皆曰："無所之也。"乃各策馬還。自古暨今，在公貴人能求賢常少。然自至元初，姦回執政，乃大惡儒者，因説當国者罷科舉、擯儒士，其後公卿相師皆以爲常。

然而，小夫賤隸亦皆以儒爲嘘訑。當是時，士夫[2]有欲進取立功名者，皆强顏色，昏旦往候於門，媚説以姜婢，始得尺寸。此正迂者之所不能爲也。因翺翔自放，無所求於人，已而皆無所遇。予既歸淮南，泰父亦以親嫌辭官歸，除紹興推官，不相見者爲最久。去年，大原賀君爲丞相，搜羅天下人才之有政譽者，而泰父之治爲浙東西第一，迺得復召爲應奉。余適入朝为待制，相見益歡。計其別，十年矣。吾年少於泰父，鬚髮皆白，而泰父銳然，面紅白如常。出其別後所爲詩文，甚富，且大進，益知爲泰父真豪士也。夫以士之賢無所遇而淹於下僚，宜其悲憤無聊而不能盡也，顧乃自樹卓卓，以其餘力而致勤於文學，且其貌充然，非其中有所負，蓋不能爾。然則吾泰父之迂，又過我遠矣！夫古之賢士多不兼於文藝，文藝雖卑，而世亦貴而傳之者，爱其人故也。不賢者之於文藝，雖極其精，人猶將賤之，亦何以爲也？泰父忠孝人也，其功名事業當不待文與詩而傳，而況於兼有之耶？余昔与之別，今見其文如此，今又當別去，計相見時，其文又必有過此矣。於其行也，序而識之。

校記：

【1】天下声利之區也：文淵閣《四庫全書》本《青陽集》作"驅逐聲譽之區也"。

【2】夫：文淵閣《四庫全書》本《青陽集》、明嘉靖十四年刻本《瓿齋集》卷首、清康熙間抄本《海昌外志》六一〇頁作"大"。

聚魁堂詩序

安慶郡文學秦宗德，持其友人豫章嚴撰書來，請曰："去年丙申，江西行中書之鄉試也，臨江貢士有曾魯者偕其友廬陵解蒙、高飛鳳、劉倩玉俱就試，寓止同舍，往还復同舟而載。拆號，四人者俱在甲乙選列。捷報至，高與劉、解乃留魯家，鄉人因名魯氏之館曰'聚魁堂'云。璞與魯姻婭也，復率大夫士之能文辭者賦詩美之，謂宗德常獲私於公，書末請序，願勿辭，將以爲榮焉。"余曰："科目取士，吾嘗司文衡於中外矣。退而考其所得，父子同榜者有之，兄弟聯名者有之，師生俱在選者有之，若同志同升，鮮有聞如曾魯者也，其理似不偶然，豈有數存其間耶？然不足泥也。余惟愛魯之交友得人，而人之與魯交能登科目發身也。由此而升以行道，以致君，以澤民，將無不可。吾意四方者亦嘗[1]彈冠相慶矣，則親朋賦詩以志喜也固宜。"宗德曰："斯言甚善，請書以爲序。"

校記：

【1】嘗：文淵閣《四庫全書》本《青陽集》作"當"。

藏乘法疏後序

天下之書，博者未嘗無要法。五聲十二管，可以盡天下之音聲。十干十二支，可以盡天下之甲子。象形、指事、轉註、諧聲、會意、假借，可以盡天下之文字。其統之有宗，其會之有元，充之而不窮，合之而不遺。知者創物，其有功於世類如此。佛氏有法疏書，會萃名義，而藏十二部之理無不在誠要法也。西菴遂公罷講遊方二十年，歸，乃取而修訂之，補其所未憊，白其所未明，去其所未安，明性相，析機宜，刊定名體，目曰《藏乘法疏》。濡須有道之士文公無學以衣資若干貫刻之板，以惠四方。昔邵子《皇極經世》以"元、會、運、世"衍爲十二萬九千六百年，以盡事物無窮之變，其文博，其義富。蔡西山撮其機括爲《指要》一編，其有功於邵子大矣。遂公之書，是亦大藏之指要與？余讀《傳燈》婆子請趙州轉經，繞禪床一帀，云轉經已。婆云："只轉得半藏。"半藏、全藏姑置勿問，五千四十八卷一周行頃，何爲而轉之？此父西菴不傳之妙，因書之卷末，在學者所自得。

待制集序二[1]

天地之化，物類人事之理，久則敝，敝則革，革則章。非敝無革，非革無章。吾何以知其然也？在《易》之“革”。“革”之卦，貞離而兌悔。離，文也，時至於革，則其敝也久矣。夫兌，離所勝者也，物敝當革，雖所勝者，熄之，故兌革離。夫惟革其故而後新可取，故革其文者，乃所以成其文也。近取諸物，若虎豹之文，非不彪然炳也，及久而敝，則黭昧麗雜，曾不若狐狸之革而章者也。四離之終而革之時也。五與上，革之功也，故五爲虎變，而上爲豹變。以其世考之：成周之文，唐虞以降之所未有也，至孔子之時，乃大敝矣。周公，聖人也，曷不爲是勿敝之道，以貽其子孫，以傳之天下後世，使之守而無變哉？蓋物久而敝，理也。理之必至，聖人亦末如之何也。孔子之作《春秋》，或者以爲絀周之文、崇商之質，夫豈盡然？以其告顏子四代之制與夫後進禮樂者觀之，則其所損益者可知也。由周而來，亦可概見。漢之盛也，則有董子、賈傅、太史公之文。東都而下，則敝而不足觀也。唐之盛也，則有文中子、韓子之文，中葉而下，則敝而不足觀也。宋之盛也，則有周子、二程子、張子、歐、曾之文，南遷而下，則敝而不足觀也。夫何以異于虎豹之文，彪然炳也，及久而敝，則黭昧麗雜，曾不如狐狸之革而章者哉？文之敝，至宋亡而極矣，故我朝以質承之，塗彩以爲素，琢雕以爲朴。當是時，士大夫之習尚，論學則尊道德而卑文藝，論文則崇本實而去浮華。蓋久而至于至大、延祐之間，文運方啟，士大夫始稍稍切磨爲辭章，此革之四而趨功之時也。浦江柳先生挾其所業北游京師，石田馬公時爲御史，一見稱之，已而果以文顯。由國子助教，四轉而爲翰林待制兼國史院編修官。蓋先生蚤從仁山金先生學，其講之有原，而淬礪之有素，故其爲文縝而不繁、工而不鏤，粹然粉米之章，而無少山林不則之態，惜其未顯而已。老欲用之，而已没也。余在秋官時，始識先生，嘗一再與之論文甚懽。比以公事過其家，問其子孫，得其遺文凡若干篇。因使先生弟子宋濂、戴良彙次之，將畀監縣廉君刻之浦江學官。世有欲徵我朝方新之文者，此其一家之言也，必有取焉，因題其卷首以俟。至正十年八月丁祀日，武威余闕序。

校記：

【1】此文輯自文淵閣《四庫全書》本《待制集》卷首，題目代擬。

跋揭侍講遺墨後

豫章揭先生好稱獎後學，人有片善，即誇道之不去口，況於通家之好、故人之子有可誇道者耶？故世稱先生爲忠厚。先生而子訟亦克樹立，世其文行，此忠厚之報。《書》曰：“人之有善，若已有之。以能保我子孫黎民。”信哉！彼竭疾者聞先生之風，亦可愧矣。

題宋顧主簿論明堂書後

先生之時，上與下同患，故國家之政，夫人而得言之。召康[1]公所謂士獻詩、史獻典、瞽獻書、百工諫、庶人傳語、近臣盡規、親戚補察，故凡事之得失、政之利害、國之治亂，上無不有以全知而慎修之，而至於無敗。蓋天下之勢如操舟，舵師失利，

豈特棹夫之患哉？而凡同舟之人患也。故有憂天下之心者無不有
以盡其言，不盡其言者，是不憂天下者也。有憂天下之心者，由
有以知其得失、利害、治亂之故。不憂天下者，是不知所以得失、
利害、治亂之故者也。夫天下之大患在於人之不得言，而得言者
不以言，與雖言之而不用。其甚者，至以爲俗。雖有憂天下之心
之人，而知天下得失[2]，利害、治亂之故者亦不敢言，而國遂以
亂亡，如秦季世，蓋可監見。而世主終不以爲戒，何哉？三代而
下，若宋之一代，人心、世道猶有近古。內而宰執、侍從、臺諫
有奏疏，卿監以下不得日奉朝請，則有論封，朝臣上殿則有奏劄，
皆與天子酬酢於殿陛之間，如家人父子之相與。外而監司郡守，
凡所職事，皆得以疏聞，天子親御筆劄以報之，且有書至萬言者。
若事大体重，言者不以言，則大學、京學諸生與凡韋布之士皆得
詣闕上書言之。至其晚年，權臣執命，士益探鼎鑊、冒刀鋸而論
事，不可壅遏。其下與上同患如此，故能外捍強國，內修民事，
傳緒三百餘年而後亡。雖先王之世，人心之微，亦何以過此也？
予昔與圭齋諸先輩修《宋史》，嘗愛德祐時有蕭規者。前論丁大
全，黥面貶嶺南。既舍還，又與京學生葉李論賈似道，又再貶。
似道罷，陳宜中當國，得詔還學，猶伏闕論事，奇氣櫟櫟[3]如平
時。宋亡，我世祖皇帝追大臣物素當時言者，得葉李，用以爲執
政，而規獨不見。蓋當時率諸生論賈者規也，李特因以成事者耳。
惟李應時掩以爲名，而規遂不見知於世歟？於是時，規已老死或
伏溺而不出耶？予屢欲傳其人於史，以不能詳而止，至今惜之。
永嘉碩仲明謁選來京師，示余以今大宗伯達公所書其先世主簿君
與蕭侍郎《論朋黨書》；言論慷慨而激烈，時秦檜柄國，方以威權
銓制天下，士大夫罹其禍者甚眾，而君言若此，此予之所素歎以
爲人心世道之美者，故爲之書。達公，昔予局之監也，其爲之書，

亦必重歎於斯焉。

校記：

【1】康：文淵閣《四庫全書》本《青陽集》作"穆"。

【2】而知天下得失：文淵閣《四庫全書》本《青陽集》作"而不知天下得失"。

【3】爍爍：文淵閣《四庫全書》本《青陽集》作"烈烈"，民國十五年刻本《平陽縣志》卷八五作"爍爍"。

題孟天暐擬古文後

秦燔燒《詩》《書》、百家之言，漢興，稍掇拾之。諸子後出，然頗雜以依仿之説，如《國策》諸篇多蒯徹之流所撰，甚至竊取他書以足之如見秦者，豈盡《短長》之舊哉？孟君天暐善[1]模仿先秦文章，多能似之，其讀《國策》，當能辯之，知予言爲不妄也。

校記：

【1】善：文淵閣《四庫全書》本《青陽集》作"喜"。

題塗穎詩集後

塗君叔良來京師，與余同寢處凡兩載。羹藜飯糗之餘，相與論古今人詩，皆有造詣。尤長於五言，其精麗有謝宣城步驟，平淡閑適不減孟浩然。叔良年甚少，將來何可量耶？余嘗論學詩如鍊丹砂，非有仙風道骨者，不能有所或也。叔良殆有仙風道骨者耶？旦晚余將有越中之行，與叔良同處，不知又在何日？臨別殊難爲情，讀此，尤不欲舍吾叔良也。叔良勉旃，他日聞大江之南有謝宣城者，必吾叔良也。此亦足以名世，豈待區區外物哉？

題永明智覺壽禪師唯心訣後

永明壽禪師平生著述甚多，《唯心訣》者，其猶般若之《心經》也。孫城祐上人頃作觀心堂於廣福寺，及見西菴遂公明教臺，得是編，即以衣資刻之。甫畢工，屬余歸自范陽，請題其後。心者，萬化之原也，迷則愚，悟則聖，存則治，亡則亂。《易》所渭"差之毫釐，繆以千里"者，正指是言也。是編於心之細無不燭，體用無不該，三藏十二部精要之言無不在是。先民言：聖賢千言萬語，只是欲人將已放之心約之使返，復入身來，自能尋向上去。此又永明著書立言之心也。元統甲戌五月謹題。

題黃氏貞節集

皇元至正十二年，余闕奉旨出守安慶。時邊警事嚴，日尋干戈，惘惘無須臾得攄懷思。越六年丁酉，撫金谿吳級以書抵轅門，請題其母黃氏《貞節集》，并錄其所譔《祭夫文》及《訓子詩》三十韻，讀之辭義嚴正，風篩凜凜，令人增氣概。所恨行伍中，筆硯廢置久，安得從容諸先輩翰墨之後，思發其幽潛乎？然闕也方以忠君爲務，而級也拳拳以孝母爲念，聲相應而氣相求，是可無一言以慰人子顯親之心耶？及觀黃氏年十九嬪於吳，曾未幾而夫死，涕泣誓不更嫁。破衣弊屣，身操井臼，賣簪珥以襄舅姑之喪。日訓二子以學，夜分乃寐。男長以室，女長以家，閨門肅雍，動止無纖毫愧悚，淑德著於鄉間，令名達於朝省，足以表儀於當世矣。若古之衛共姜、曹大家，班班經史者不是過也。其同郡翰

林吳公、奎章虞公皆有叙述，同里危素叙其詩曰："世之人不能天
其天而有愧於黃氏者多矣！"嗚呼！我國家以仁義肇基朔土，乾端
坤倪，靡不臣服。列聖相承，風教宏遠，宜可以登三邁五、超越
乎漢唐矣，胡[1]何自兵興以來，州縣披靡，能卓然以正道自立者
僅不一二見？其餘賣降恐後，不啻犬豕，昂昂丈夫真無女婦之識，
良不悲哉！且天下有可爲之機而無敢爲之士，民情有向善之意而
無激善之才，遂使淳良化爲梟惡，骨肉轉爲仇讎，叛潰奔離，益
相戕賊。聞黃氏操行如此，彼獨何心？朝廷百年休養之恩，寧不
辜矣？此予讀黃氏詩文，益有感焉。宜夫德人鉅卿咏贊不已，盛
朝所以旌其門、復其家、昭名於史册者，豈偶然哉？予又聞：黃
氏之子級以一介貧賤奮不顧身，集鄉丁禦强暴，里閈得全。非其
母訓之素，能若是耶？是皆可書。淮南行省參政西夏余闕識。

校記：

【1】胡：文淵閣《四庫全書》本《青陽集》作"夫"。

書合魯易之作潁川老翁歌後續集

至正四年，河南北大饑。明年，又疫，民之死者半[1]。朝廷
嘗議鬻爵以賑之，江淮富民[2]應命者甚衆，凡得鈔十餘萬錠，粟
稱是[3]。會夏小稔，賑事遂已。然民罹此大困，田菜盡荒，蒿藜
沒人，狐兔之跡滿道。時予爲御史，行河南北，請以富民所入錢
粟貸民[4]，具牛、種以耕，豐年則收其本，不報。覽易之之詩，
追憶往事，爲之惻然。八年三月，翰林待制武威余闕志[5]。

校記：

【1】民之死者半：文淵閣《四庫全書》本《金臺集》卷一作
"民之死者過半"。

【2】民：文淵閣《四庫全書》本《金臺集》卷一作"人"。

【3】是：文淵閣《四庫全書》本《金臺集》卷一作"足"。

【4】時予爲御史，行河南北，請以富民所入錢粟貸民：文淵閣《四庫全書》本《金臺集》卷一作"時余爲御史，行河，河南請以富民所入錢粟貸民"。

【5】八年三月，翰林待制武威余闕志：原無，據文淵閣《四庫全書》本《金臺集》卷一補。

濟川字説

濟川者，熙寧張子瑞之號也。子瑞世以活人爲功，聞於時。其艱於衛生若川險者，咸以舟楫濟之。乙未春，避地來歸，袖卷求予字并説。予方欲濟時艱，得其人，亦可尚已。而言曰：濟川者，司命之謂忠。惟命弗罹於險，弗嬰於疾，畀終其天者，爲正。嬰於疾，罹於險，迺戕其生，爲夭。夭也者，靡有司之者也。嗚呼！惟天生民，有欲汲汲於民，孜孜於利，蛟龍黿鼉之淵，風濤險澁之所，阻車馬，限往來，罔知禍厲者唯病夫涉。情蕩於中，氣戾於外，膏肓蠱瘵之府，疲癃殘疾之基，賊脉理，伐壽齡，罔重攝養者唯病夫身。此醫藥之利於人，猶舟楫之利於天下，二者固相若已。雖然，巨君正國，變陰陽以利天下，其道其術，亦不外於是。《説命》曰：若濟巨川，用汝作舟楫。此子瑞之志也，此其所以爲號也，此"濟川"字之説也。

含章亭記

坤者，天下之至文。而世謂坤爲含章者，美而含之，六三之事，非盡坤之道也。嘗觀於地：山川之流峙，至文也；風霆之流形，至文也；鳥獸草木之彙生，至文也。故夫子贊之，以爲光大，又以爲化光，又以爲美在其中、暢於四肢，天下之文孰加焉？而三獨含章，何謂也？夫乾，尊道也；坤，卑道也。故乾主於五而坤主於二，若三、四者，爻之無位者也。乾之四近於尊，故曰"或躍"，或可以進也。坤之三近乎卑，故曰"含章可貞"，可悔而可用也。夫子釋"含章可貞"，以爲以時發者相時而動之意。故曰"可"者，僅詞也。若四，近於尊而括囊矣，上儗於尊則龍戰矣，是故龍君象也。若六五者，可謂至尊而非據矣，自非中德，何以能吉？故曰"黃裳"。黃，中之色；裳，下之服。夫惟有是中德，故不失其體也。無棣徐君子謙博古而通今，自監察御史郎官署爲諸道肅政廉訪使者，政理蔚然，俱可謂之文矣。惟坤之六二可以當之，非六三之事，而其名亭，謂之"含章"者，人不知其所云也。余與君處江夏凡期年，知君之爲人，冲然賢者也。曾子稱顏子，以爲以能問於不能，以多問於寡，有若無，實若虛。君嘗慕而師之。羣居相與，不言，不知其有縕也。然則君所謂"含章"者，其必以此，豈世所謂？章取義者欤？君曰："予[1]之言然。雖然，子論'含'章，先儒所云，請求諸通經者而質之。"

校記：

【1】予：文淵閣《四庫全書》本《青陽集》原作"子"。

穰縣學記

學校之教，聖人所以盡人性者也。夫人之性，天命也。天命者，諸生偏予者也。其理，仁義禮智；其器，君臣、父子、夫婦、長幼、朋友；其文，昏喪、冠祭、朝覲、會同、射飲、軍蒐。此性之體然也。若夫忠信也，而流爲殘賊；禮讓也，而流爲爭奪；文理也，而流爲淫慝。此性之失而非其本然者也。聖人，人之隆蓁也，是故爲之學校之教、師法之化、禮義之道，所以正人性[1]而定天命也。而世儒之言有曰：殘賊、爭奪、淫慝者，性也，必賴聖人爲之教，然後忠信、禮讓、文理興而生人之道立。是不知性者之言也。今夫鳥之鷇也飛而逐其雌，獸之生也走而軼其羣，然止於飛走而已也。惟人之性，具天命者也，是故充其知，可以通晝夜之道而知死生之説；推其才，可以參天地而贊化育。何也？所性而有故也。今曰：性無善也，必聖人爲之教而後善。則毆鳥獸以由于學校之教、師法之化、禮義之道，亦可以爲忠信、禮讓之理也，其可乎？是故栖桷棟宇，聖人所以盡本之性也；引重致遠，聖人所以盡馬牛之性也；學校之教、師法之化、禮義之道，聖人所以盡人之性也。其教已立、其化以行、其道以成之後，於是忠信立而殘賊息，禮讓著而爭奪寡，文理明而淫慝平。其勤之也神，其漸之也深。則夫民之心可與爲善、可與爲惡、可與爲治、可與爲亂，夫豈奪之以惡而與之以善，易之以亂而誘之以治，使其民至於如是哉？亦盡其性而已矣。有弗若於吾化、弗迪於吾道者，然後爲之刑政以齊之，則刑政者，先王所以輔治而未嘗以爲先也。是故教成而王，政成而霸，咸無焉而亡。其道有大小而其教有淺深如此。自先王之迹息，而天下之治皆苟且，由其知治而不知教，而其甚者遂至亂亡相尋，終莫能勝民之芬芬者，皆不考乎此。大元之興，百有餘年，列聖丕承，日務興學以爲教，黨庠塾序徧於中國，雖成周之盛將不是過。夫穰，大縣也，自入職方以距于今，吏猶未能爲民立學。蒙古月魯不花君來監縣，乃曰："學校之教，先王爲治本也。"遂出其田禄以爲民倡，民歡樂之。乃買地於州治之西，攻其正位，肖孔子及顔子以下十四人之像於

殿，餘七十二子以及諸儒之從祀者悉繪之於兩序。後爲學舍廩厔，
以安居其師弟子。前闢門道，屬於大衢，立表而題其上，曰“穰
縣之學”。學甫成，會天子以學校考吏課，君方樂有學校教民也，
而乃以憂去。其同年友成君遵實家於穰，入朝爲禮部郎中，言君
所以待穰之民甚厚而篤於救思如此，故既去而民至今思之，而恐
後之未知所以教而民未知所以學也，爲予誦其所聞以告之。君操
行廉白，爲政以愛民爲本，日常偲偲然若己傷之，是可謂良有司
也。況予於君亦同年也，故爲記之。

校記：

【1】性：文淵閣《四庫全書》本《青陽集》作“心”。

湘陰州鎮湘橋記[1]至正初[2]

湘水出零陵，北至湘陰，入洞庭。而湘陰諸山谷之水則會於城
南，爲東湖，以入湘。方春夏時，水潦降而洞庭漲，則湘水不能
入湖，因以淡漫爲大浸。州爲湖南北孔道，凡行者之陸出與夫鄉
民之有事於阻者，每涉湖，則有風濤之虞，否則又爲舟人邀[3]阻
之患。宋之時，州有鄧氏媼率其田人，作大堤絶湖，以屬之州。
爲二木橋，以釃[4]湖水。行者德之，謂之“鄧婆橋”。當德祐末，
橋毀，官爲復之。至大德中[5]，旋敝。州人黃仲規乃以私財命其
子惟敬率衆爲石橋，南北樎石爲崖，中纍石爲高柱，布木面石，
其上爲屋九楹覆之，以與民爲廛，易其名曰“鎮湘橋”。歷四十餘
年，至元初[6]，覆木又敝，屋且壞。惟敬之弟惟賢、惟德，德發
其帑，得錢萬貫，以告州人，將卒其先之功。州人樂爲相之，又
得錢二萬五千貫。乃撤覆木，施石梁，更作大屋，中爲道，左右
爲市肆。橋廣若干尺，袤若干尺，上可以任大車，下可以通千[7]

斛舟。飾以綵繪，遠而望之，爛若陰[8]虹之飲。湖中行者之往來，
與州人之市於此者，若由康莊而履堂奧，不知其有湖之阻也。夫
水，天下之至險，聖人爲之舟楫以濟民，而舟楫需人之力，人之
力有限，而涉者之無窮也。不須人而能濟，有無窮之利者，惟橋
爲然。夫橋之利大，故其費亦大，非若一舟楫之可易具。非有司
與大家之力，所[9]不能爲。黃氏非有大作業、大廩藏，而爲有司、
大家之事，力有不足，至父子相承，乃克成此，夫亦難能也。惟
德之子天禧有才藻，通經術，屢領鄉薦。余校藝鄂百[10]時，得其
文，以置前列，其擢第也，將亦易然[11]。黃氏有子如此，必多益
於人如是橋類也。故爲記之。

校記：

【1】本篇選題，清嘉慶二十三年刻本《湘陰縣志》卷三五、
清光緒六年刻本《湘陰縣圖志》卷三〇均作“恩波橋記”，清嘉慶
二十五年刻本《湖南通志》卷二九作“重修恩波橋記”。

【2】所標寫作時間，據清光緒六年刻本《湘陰縣圖志》卷三
〇之考證。

【3】邀：文淵閣《四庫全書》本《青陽集》作“還”，《湘陰
縣志》《湖南通志》《湘陰縣圖志》均作“要”。

【4】醮：《湘陰縣志》《湖南通志》《湘陰縣圖志》均作“跨”。

【5】至大德中：《湘陰縣志》《湖南通志》《湘陰縣圖志》均
作“迨元初”。

【6】初：《湘陰縣志》《湖南通志》《湘陰縣圖志》均作“間”。

【7】千：《湘陰縣志》《湖南通志》《湘陰縣圖志》均作“萬”。

【8】陰：《湘陰縣志》《湖南通志》《湘陰縣圖志》均作“長”。

【9】所：文淵閣《四庫全書》本《青陽集》作“則”。

【10】鄂百：《湘陰縣志》《湖南通志》《湘陰縣圖志》均作

"部省"。

【11】將亦易然:《湘陰縣志》《湖南通志》《湘陰縣圖志》均作"抑易爾"。

漢陽府大成樂記

禮樂出於天而備於人。卑高以陳者,禮也;絪縕而化者,樂也。故禮者天地之大節,樂者天地之大和,其體極乎天,蟠乎地,其用行乎陰陽而通乎鬼神。夫人者,天地陰陽鬼神之會,而禮樂者,觀會通以行其道也。其君臣、上下、實主之有其文,升降、揖讓、綴兆、清濁之有其度,禮以著節,樂以爲和,節以別同,和以合異,是皆天之所畁而非人之所爲也。然心,天命也;欲,心生也。欲熾而無以治之,則心梏亡矣。禮樂者,先王用之以迪民心而定天命者也。是故朝覲會同,禮樂以接;郊社廟享,禮樂以成;軍旅賓客,禮樂以治。用之於天,神格;用之於人,鬼享;用之於民,而民事治。故習俗美而侵侮傷淫之心無自而生,天下之大政豈有出於此者哉?洪荒之道邈矣!堯舜以還,歷夏商周,礼樂始備,而天下稱爲極治。成康之後,浸以就弛。至春秋,而壞爛極矣。漢之時,禮雖粗具於經,而亡散者亦已甚。樂之道蕩然,雅頌所存,特其文而已耳。是故其禮失者其俗汙,其樂濫者其教衰,天下之治所以不及於三代者,禮樂不足之故也。皇元之興,諸事未遑,即定著孔子廟祀之禮。既,又令天下廟祀用大成樂。令雖具,而吏亦鮮能應。詔制春秋奠薦,類以鼓吹行事。夫禮樂者,以之習民,使之飽聞而飫見之,然後入人深而成功大。孔子廟者,鄉大夫属民敷教之地,而民幸有礼可以略見先王之道,而樂又不僭,由吏之爲政不知本末與所先後也如此!漢陽府孔子廟祀，旧亦循用俗樂。河東譚君知府事，乃率其同寅，相與出奉金，作雅樂器。教授余時獻以其事來請，宰臣是之，爲遣一封傳作之平江。數月而樂至，爲琴、瑟、笙、笛、塤、篪各二，特鐘、特磬、祝敔、鞉鼓各一，簫八、編鐘、磬各十六，擇諸生肄習之。八月丁丑，有事於學宮，人聲在上，樂奏在下，翕如純如，疾舒以度。禮儀既舉，觀者咸作而歎曰："禮樂之用大矣！若夫子監於四代，樂取韶舞。其治所先，在放鄭聲。欽若彝教，以迪民性。夫禮樂之存，有如餼羊。薦於明靈，永永是享！"於是，州之士相與樂譚君之政而喜民復見先王之樂也，咸願刻石樹之廟廷。余爲之書，而使歸刻焉。

新修大□宮記[1] 至正十一年七月

華西神川原大寧宮者，華人以爲古后土之祠也。宮故並嶽祠[2]，宋真宗幸華山，賜今額[3]，以華山道士武元亨主之。其後，元亨以祠隘請於朝，改作之於神川之上。宮初甚侈大，至靖康時，兵燬[4]。里中人嘗修復之[5]然庳隘[6]不能如舊觀。金正大中，乃加增拓。下距於今二百有餘年[7]，故屋皆壞，無能修[8]葺之者。里人張某[9]欲以私力加繕治之，未及爲而歿。其子某乃追成先志[10]，以錢二萬五千貫[11]，具材木瓴甓，會工藝，自門至寢，爲屋若干楹，凡期月而成[12]。《左氏》曰：共工氏之子曰勾龍，能平水土，爲后土之官，故祀以爲后土。盧植諸儒從之，遂以爲后土勾龍也。蔡雍則曰："勾龍，社神也，堯祠[13]之。稷之神，柱與棄也[14]。漢后土祠在国壬地，社稷之位在未地。"爲王肅之説者又曰："社與稷皆土神，但生育之功異，故有二名耳。"《史記》：武帝初郊雍，太史、祠官言當祀后土，於方澤丘爲五壇[15]，壇一黃犢太牢具。天子從之[16]。乃[17]東立后土祠於汾陰脽，上親望拜之，如郊。則漢以下地祇有社，又有后土。后土之説紛紛莫能統一，以余考之，皆失也。鄭司農曰："后土，社神也。"蓋社以地言，后土以神言[18]，社之有后土，猶郊之有上帝也。曰帝、曰后，皆能宰之稱[19]。天子之社神曰后土[20]。諸侯而下之社神亦曰后土者[21]，猶郊之神曰上帝，而五方主氣者亦謂之帝，不以嫌也。五土之神吐生萬物，而稷者五穀之長也，人非土不生[22]，非穀不養，是以先王尊而祀之。勾龍有功於水土，柱與棄有功於稼穡，故以配食其神。曰祀勾龍以爲后土者，猶所謂帝[23]譽而郊稷是也。又《周禮》以血祭祭社稷五嶽，其以血祭，則非人鬼[24]且其祀先五嶽，則不得爲勾龍亦明也。古之制，天子祭天地，諸侯祭山川，庶人[25]祭五祀。位有貴賤，故祀[26]有大小。而后土之祀[27]，自天子達於庶人，所以生者一也。王者爲群姓立社曰大社[28]，自立社曰王社，諸侯爲百姓立社曰國社，自立社曰侯社，大夫以下成群而[29]社曰置社。大社、國社，爲民祈報也；王社、侯社，自爲祈報也。大夫以下無民，人莫爲立社，又不得自立社，故與民族居，百姓之[30]上乃立社以祈報之。今國都至於郡縣皆有社，獨置社亡耳。民春秋雖有社祭，然無壇壝[31]。主位、牲齊、儀章皆不應於禮，其事所以生者盡甚[32]，莫爲之禁。夫不祀其所得祀，非義也。祀其所不得祀，非礼也。后土者，民之所得祀者也，今雖不能應於礼，能修而祀之，其賢於失禮而犯義者也。余之同年光禄主事虎理翰君家於華，義張氏之斯舉也，而属記於余焉。

校記：

【1】一九三四年刻本《續陝西通志稿》卷一六〇題爲"重修后土祠記"。該本照拓本錄入，文字與本書底本頗有出入。

【2】華西神川原大寧宮者，華人以爲古后土之祠也。宮故並

嶽祠：《續陝西通志稿》作“華西神川原后土廟故並嶽祠”。

【3】賜今額：《續陝西通志稿》作“賜額泰寧”。

【4】至靖康時，兵燬：《續陝西通志稿》作“至靖康時燬”。

【5】里中人嘗修復之：《續陝西通志稿》作“華人中嘗修復之”。

【6】隘：《續陝西通志稿》作“陋”。

【7】下距於今二百有餘年：《續陝西通志稿》作“距於今三百有餘年”。

【8】修：《續陝西通志稿》作“興”。

【9】某：《續陝西通志稿》作“願”。

【10】其子某乃追成先志：《續陝西通志稿》作“其子賁禮資城乃追成其先志”。

【11】以錢二萬五千貫：《續陝西通志稿》作“以錢五萬貫”。

【12】凡期月而成：《續陝西通志稿》作“北道復興王棋建遠門，凡一歲告成”。

【13】祠：《續陝西通志稿》作“封”。

【14】柱與棄也：《續陝西通志稿》作“柱與棄是也”。

【15】於方澤丘爲五壇：《續陝西通志稿》作“於方澤圓邱爲五壇”。

【16】天子從之：《續陝西通志稿》作“帝從之”。

【17】乃：《續陝西通志稿》作“又”。

【18】后土以神言：《續陝西通志稿》作“后以神言”。

【19】皆能宰之稱：《續陝西通志稿》作“皆主宰之稱”。

【20】天子之社神曰后土：《續陝西通志稿》作“祇曰后土”。

【21】諸侯而下之社神亦曰后土者：《續陝西通志稿》作“而五土之神亦曰后土者”。

【22】人非土不生：《續陝西通志稿》作"非土不生"。

【23】帝：文淵閣《四庫全書》本《青陽集》、《續陝西通志稿》均作"禘"。

【24】則非人鬼：《續陝西通志稿》作"則非人鬼可知"。

【25】庶人：文淵閣《四庫全書》本《青陽集》作"大夫"。

【26】祀：《續陝西通志稿》作"祭"。

【27】祀：《續陝西通志稿》作"祭"。

【28】王者爲群姓立社曰大社：《續陝西通志稿》在此句前有"記曰"二字。

【29】而：文淵閣《四庫全書》本《青陽集》作"立"。

【30】之：《續陝西通志稿》作"以"。

【31】墰：《續陝西通志稿》作"壚"。

【32】其事所以生者盡甚：《續陝西通志稿》作"其事所以生者蓋甚略也"。《續陝西通志稿》中，此句以下與底本差異較大，一并出校爲"而先王之制所不得祀者則一切祀之，而上亦莫爲之禁。夫不祀其所得祀，廢禮者也，祀其所不得祀，犯義者也。今雖不應於禮，有能修而祀之，其賢於世之廢禮而犯義者矣。御史壹都事張冲、同年光祿主事虎理翰家于華，義張氏之斯舉也，而請紀於余焉。至正十一年秋七月紀"。

梯雲莊記

晉地土厚而氣深，田凡一歲三藝而三熟，少施以糞，力恒可以不竭。引汾水而溉，歲可以無旱。其地之上者，畝可以食一人。民又勤生力業，當耕之時，墟[1]里無閑人。野樹禾墻下樹桑，庭有隙地，即以樹菜茹麻枲，無尺寸廢者。故其民皆足於衣食，無甚貧乏，家皆安於田里，無外慕之好。間有豪傑欲出而仕，由他岐，皆所以得官爵，故其爲俗特不尚儒。周行郡邑之間，環數百里，數百家之聚，無有一人儒衣冠者。獨楊黃許氏以儒稱於鄉，三時力田，一時爲學，褒衣博帶，出入里巷之間。其族數十家化之，皆敦於禮。每歲時上塚，族人各具酒饌，群至墓下，推長者一人主祀，以次奠薦。既竣，長者坐，少者以序羅拜之，然後皆坐，相與行獻酬之禮。子弟有爲小不善者，則長者進而諸[2]讓之，衆皆進曰"長者言然，請改是"。乃已。至於再、至於三而終不能改也，則衆相與擯紬之，不與同祭祀。如是者已三世矣。嘗詢其族人，許氏之祖有義甫君者攻詞賦，有聲於時，其弟恒甫君治經義，通《周易》，號"松谿先生"，然皆隱不仕。恒甫之仲子克敬，始以教官歷太常奉禮、翰林國史院編修官。而孫寅，字可實，與余同登元統元年進士第，擢翰林國史院檢閱官、中書掾、中書照磨，名聲益顯。楊黃之許遂爲其鄉著姓，郡守爲表其邑中之居曰"梯雲坊"。其後，河東斂憲楊君士傑行郡至是，曰"楊黃者，可實之所生長，其田廬丘墓皆在"。於是，又命有司易其庄爲今名，以風勵其鄉人，使知儒之爲可貴也。夫儒之所以爲可貴，以先王之道之所在也。是以古者少使居學，老使居塾，不如是者，不列於王官，不可以長民，故時不貴儒而儒貴。後世之用人不必盡出於儒者也，則民何由知其可貴而貴之？比年朝廷設科以待天下之士，民始稍稍知所趨向。獨晉俗堅强，不輕而變。今賢使者殊其宅里，明其貴賤，示其好惡，其意豈爲許氏計哉？昔常衮爲福建親察，禮貌其士，俗以丕變。而況上有用儒之君，下有風勵之使，吾見晉之人，父詒[3]其子，兄訓其弟，其必相謂曰："弗若許氏，不可以同祀。弗若可實，不得以爲秀民。"耒耜以業，詩書以語，民之彬彬將若鄒魯矣。然余嘗聞之：民可以身化，難以利誘。可實爲人侃侃，篤於孝誼，有位於朝，行顯貴矣，乃以親老棄其官而養，人皆賢之。以賢者而化民，如草尚之以風也，其有不從者乎？故余爲記其表閭之始，且以觀其成焉。

校記：

【1】墟：文淵閣《四庫全書》本《青陽集》作"虛"。

【2】諸：文淵閣《四庫全書》本《青陽集》作"誚"。

【3】詒：文淵閣《四庫全書》本《青陽集》作"韶"。

合淝修地[1]記

至正十一年，寇起淮南，自浙西、江東西、湖南北以及閩、蜀之地，凡城所不完者皆陷。合淝之城久圮且夷，倉卒爲木柵以守。柵成，賊大至，民賴柵以完。其後僉憲馬君至，顧而曰"以柵完民，幸也，非所以固"。迺白皇孫宣讓王及其憲使高昌公，議修其城。遂發公私錢十萬貫，召富人之爲千夫長、百夫長者備小民，相故所圮夷盡築之。富人得官發錢，無甚費，咸喜助所不足。小民方饑，得備錢，奔來執事，鼙鼓不設，鞭朴不施，捧柴荷畚，廬至競作。自十三年二月朔戒事，九月畢，城四千七百有六，又六門環爲睥睨，設周廬，廬具飾器，門皆起樓櫓，樹盜所必攻者甓之。計用木若干，甓四百四十八萬，用人之力七十七萬八千。城成，而盜不至者今期月矣。余生長合淝，知其俗之美與夫所不從亂而可與守者有三焉：其民質直而無二心，其俗勤生而無外慕之好，其材强悍而無孱弱可乘之氣。當王師之取江南，所至諸郡望風降附，獨合淝終始爲其主守，至國亡，乃出降。天下既定，南人爭出仕，而少不達，則怨議其上而不可止。吾合淝之民，布衣育秀者治詩書[2]，朴者服農賈，昏喪社飲，合坐數百人無一顯者，無慍怒不平之色。驅牛秉耒，雞鳴而耕朝而息，日昃而耕莫而息，不合耦而終十畝，負二石之米，日中趨百里而無惰容。惟其質直而無二心，故盜不能欺。勤生而無外慕之好，故利不能誘。強悍而無孱弱可乘之氣，故兵不能訹。昔者木柵猶足以力戰禦寇而無肯失身於不義者，今而得賢使君修其垣墉，救其疾苦，攜持撫摩，以與民守之。而民之與君，又歌舞愛戴，與君守如子弟之於父兄、手足之與頭目然。自今至於後日，是雖[3]無盜，有亦不足憂也。君前為庸田僉事，城姑蘇。今憲淮南，又城合淝。一人之身，而二郡之民賴之以有無窮之固，儒者之利不其博哉？君名世德，字元臣，也里可溫國人，由進士第，歷官應舉翰林文字、樞密都事、中書檢校，庸田僉事為今官。與余前後為史氏，城又余之所志而未成者也，義為紀之。其董事與凡供役之人，則載之碑陰。

校記：

【1】地：文淵閣《四庫全書》本《青陽集》、清道光十年刻本《安徽通志》卷二三、清光緒十一年刻本《續修廬州府志》作"城"。

【2】布衣育秀者治詩書：文淵閣《四庫全書》本《青陽集》、《安徽通志》、《續修廬州府志》均作"布衣蔬食，秀者治詩書"。

【3】雖：文淵閣《四庫全書》本《青陽集》作"惟"。

大節堂記

皇帝御天下之十五年，念德之不宣，民生之未遂，乃詔丞相更守令之法，著考課之令，歷東朝臣以為郡縣，親御便殿，賜之酒而喻遣之。於是，天下之吏人人奮屬，以治所謂六事者，以成功名稱上意。宗正郎中韓君建之守安慶也，獨鮮所有事，其政清净而已。在官三年，潁、六之盜起，所在奇衺[1]之民群起從之，殺守令，據城邑。時天下久平，民生長不識兵革，而郡縣無城郭，無兵備，卒然有變，吏往往盜未至先去而城陷。有不去者，盜去而民不與之守，城亦陷。明年十一月，盜入宿松，破太湖、潛山，吏多徙家江中爲去計，君獨無所徙，而治城隍、計軍實，以示民必守不去。越明年春，盜入桐城，以桐人來攻城。君縱民出擊之，盜敗去。自二月至於九月，盜之來攻者十有一，大小百餘戰，皆敗之。盜大忿，乃悉衆而東，舳艫数百里，鉦鼓之聲動天地，王師敗績小孤山。十月癸卯，盜遂北至城下。城南郛久隳爲民居，而聯群艦爲城。盜縱火舟燒聯艦，艦潰，火入南門，燒民居，諸守將亦潰。民恐甚，走來眠君。君方部署寮吏爲戰守如恒日，民乃無恐，且戰且撲火。甲辰，盜傅西郛，戰却之。明日，傅東郛，又戰却之。相火所經，撤民屋材，夜柵之，旦具。甲寅，盜力攻，無所得利。諸潰者聞城完，且相率來援。盜望見之，乃夜引去。余來成郡，道聞城陷矣，比至，乃完。問故，父老皆曰"韓君完我"。君時亦去，則民無與爲守；民無與爲守，則城之完不完蓋未可知矣。方朝廷更化時，吏皆黼藻其政，以角一日之能，君若無能然者。及臨大變，其所能者乃若人之所未易能，君誠不可以小知也。予觀於今，南方之國不頻誠盜，非其所力攻，有能守者矣，而頻於盜者爲難。頻於盜，徼幸於一勝，有能守者矣，而屢勝者爲難。民屢勝矣，至於敗且危，於是不去，而上効死以保其下，下効死以衞其上，卒能因敗爲功，以危爲安，如君之爲者，蓋千百之十一，此人之所難能也！曾子所謂臨大節而不可奪者，君其人欤？郡所治屬縣六，西至於懷寧，又西至於潛山，又西至於太湖，武夫、義民列柴[2]相望，百戰抗盜，賴君以爲根本而無叛意，

東至於池，又東至於姑孰，數郡之民賴君以爲藩屛，而無死傷之
禍。君之所完不既大矣哉？余抵郡十日，盗復大至。與君率衆殲
之，盗不至者今再期矣。十四年春三月，朝廷録十月功，特加君
中奉大夫，秩從二品，幕官以下各升秩有差。余因名其聽事曰
"大節之堂"，所以揚君之懿於無窮也。雖然，治之有亂，猶旦之
有夜也。後之人坐其堂而思其人，思其人而懼其時，有不協於其
行、不完於其民者，獨不欿然於君者乎？余之名堂，又所以勸於
無窮也。時與君守者：達魯花赤西夏阿爾長普、照磨楊恒、録事
司達魯花赤莫倫赤、録事黄圖倫台、録判爕理桀錫、權懷寧縣達
魯花赤禹蘇福、安慶萬户府經歷郝瑞，千户李思禮、邵永堅、王
國英、許元琰、賈伯英、也先帖木兒、立喦、咬住、洪保、張彬、
路忠、金嗣元、葛延齡，百户廬顯宗、邵文質、韋與權、齊世英。
宗達、周文、謝茂、陈士達、楊買兒、朱傑、李玉、祝茂、夏與
侯、與祖、吕重禄、朱臣孫、朱惠龍，彈壓嚴繼祖、伍予[3]雲、
張宏、晁關保，楊州弩軍翼千户賈禧，百户王孫兒、別列怯不華，
沿海翼百户毛偉。牽連書之，使與有聞於不朽。君字公懋，遼
西人。

校記：

【1】睘：文淵閣《四庫全書》本《青陽集》、清嘉慶三十三
年刻本《安慶府志》卷一六均作"袞"。

【2】柴：文淵閣《四庫全書》本《青陽集》、《安慶府志》均
作"砦"。

【3】予：文淵閣《四庫全書》本《青陽集》、《安慶府志》均
作"子"。

憲使董公均役之記[1]浙江東海右道廉訪使

古者井天下之田以授民，民百畝，易者倍之，再易者再倍之，其養均也。則九壤，程九貢，市廛二十而一，近郊十一，遠郊二十而三，甸稍縣都皆十二，其取之又均也。小任以力，則上地家三人，中地二家五人，下地家二人；大任以兵，則比爲伍，閭爲兩，族爲卒，黨爲旅，州爲師，鄉爲軍，其役之又均也。之一者，正政之大端也。大端具，而又爲之刑政以防民情，爲之學校以道民性，爲之公卿大夫士以登民材，其制詳，故不亂，其本深，故不拔，是以商周之世皆七八百年而後衰也。自經界廢，於是田不在公而養不均矣。養不均，則土會民數皆不可知，而賦與役不均矣。養與賦與役之不均，雖周公爲政，不可以言治也。浙東，古千越之地也，其地之微[2]無甚貧甚富之家，山谷之間有一畝居、十畝之田者[3]，祖孫相保，至累世不失。又其土瘠，故其小人勤身而飭力，其君子尚樸儉而敦詩書，非若吳人之兼并武斷，大家收穀歲至數百萬斛，而小民皆無益藏。此固易治之地，有賢師帥爲之制而道利之，其亦可以庶幾矣乎？然余嘗行郡以觀民風，其庶人之役於官者，往往閭左之民也，而富人則有田而不役，甚者或不以征。歲終，保正稱貸而輸之，至破產者無算。此其田雖近於均，而役則不均也。至正十年秋，藁城董公來長越憲，省民所疾苦，乃曰“井田者，吾雖不得而行，而役不可不均”。於是，擇其部吏之清强者，委之以事。以衢州路經歷王仲謙、西安縣主簿張拜住治金華，青田縣尹葉伯顏治武義，永嘉縣丞林彬祖治永康，而蘭溪州達魯花赤忺烈夫、義烏縣達魯花赤亦憐真、浦江縣達魯花赤廉阿季八哈、東陽縣丞蔣受益自治其邑，義烏縣則復以衢州路録事范公琇爲之輔，而捻管陳伯顔不華總領之。先期一月，令民及浮圖道士各以田自占，其或蔽匿及占不以實者没其田。令既浹，乃保以一正，屬民履畝而書之，具其田形、疆畎、主名，甲乙比次以上官。官按故牘而加詳覈之，曰"魚鱗册"，以會田。別爲右契予民，使藏之，曰"烏由"，以主業。其征之所會曰"鼠尾册"，以詔役。弓兵、隷卒、鋪兵爲至劳，坊里正、主首次之，館天、步夫又次之。凡民田多者役其劳，少者役其逸，又其少而不足役者則出錢以助奇田，不助者則以待夫不虞之役。其一人而有数保之田者各役之，即賣其田，則買者丞其役。凡一州六縣之田二萬六千四百二十四頃四十九畝，役者一萬二千六百六十八名，故役而今復者四千三百名，所未役而今役者三千四百六十名，役而不復者休。而始役之册成，一留縣，一藏府，一上憲司，於是野無倖民，公無逸徵，强弱有倫，賦役有經，上下和洽，歲以有年。盖公之遇人有礼，故吏盡其力，其使民有義，故貧者戴其德而樂其復，富者服其公而忘其劳，以故爲是大制，政不肅而成，民不擾而治也。傳曰："天地養萬物，聖人養賢，以及萬民。"公之是舉，兼礼与義，則誠賢者矣。継今之人毋替公政，或推其所未及，則越之民樂樂利利，其福豈可既哉？故於終事也，其下咸願刻石以示不朽。以闕嘗陪其末議而知其梗概，遂來屬筆焉。至正辛卯十二月記[4]。

校記：

【1】文淵閣《四庫全書》本《青陽集》題作"憲使董公均役記"。

【2】微：文淵閣《四庫全書》本《青陽集》作"民"，明萬曆六年刻本《金華府志》卷二六作"娬"。

【3】山谷之間有一畝居、十畝之田者：文淵閣《四庫全書》

本《青陽集》、《金華府志》均作"山谷之間有一畝之居十畝之田者"。

【4】至正辛卯十二月記:《金華府志》作"至正十一年歲次辛卯十二月記"。

鈞州重修學記[1]

洛於天下爲中土,而嵩山[2]奠乎其間,以當天下中和之氣。嵩山之來,其東爲箕山,其流爲潁水,爲鈞州於其間,以當中州清淑之氣。其山川之麗,民物之美,昔許由嘗薄萬乘之尊而惟樂乎是,其地之特勝於他州,可知矣。予嘗過浚儀,思欲一至其地,登箕山,酌潁水,以觀其民人與由棲隱往來之處,卒牽於事而不果。□□馬君誠叔今爲儒學正[3],謁予合肥,道其州大夫修學之故[4],且願屬筆以記其事。予備位史氏,凡山川、風俗、守吏、治教之悉固所欲聞,而鈞又其平生之所欲游而不得者。蓋予聞之:五方之土厚薄有不同,人生其間,因以爲美惡之異,而王者之教亦隨其人生[5]以爲勢之難易也。維[6]州土厚而水深,文王用之以成二南之化,如此其遠。及其衰也;而强毅果敢之氣猶足以相沫[7]。邦之民一變商辛之化,而桑間濮上之俗,至其後世,如此其敝,由風氣之偏。故其民之浮靡,雖更歷數聖,莫之能勝也。鈞受天地之中氣,其民之生宜無甚過不及之性,而易與爲善。帝堯之教,所以勞來匡直者,寬而使之栗,直而使之溫,剛而欲其無虐,簡而欲其無傲,要以約其情、正其性,使歸之中正而已。以今中州之地、易與爲善之民,而邦君大夫興學以導之,其化之易易,猶轉丸而下千仞之岡,操輕舟之泛大河而東也。異時,予苟得如予志以遊於鈞,入其學,觀於諸生之循循然;交於其士大夫，觀其文行之爾雅；遊於其鄉，見其民之孝弟忠信以親其上、事其長，相與追道其賢父兄，未必不在於斯也。其學之功，則作靈星門、治西之府[8]及其遊息之亭。其董學[9]，則吏目夷山張榮；勸勞其事，則陽翟縣尹大梁楊泰、儒學正馬立信；提調學校，則知州事李侯端友[10]也。

校記：

【1】此文輯自明成化二十二年刻本《河南總志》卷一四。

【2】山：一九三九年刻本《禹县志》作“少”。

【3】□□馬君誠叔今爲儒學正：一九三九年刻本《禹县志》作“馬君誠淑今爲均儒學正”。

【4】道其州大夫修學之故：一九三九年刻本《禹县志》作“道其州县大夫修學校之政”。

【5】人生：一九三九年刻本《禹县志》作“地”。

【6】維：一九三九年刻本《禹县志》作“雍”。

【7】相沫：一九三九年刻本《禹县志》作“相死沫”。

【8】治西之府：一九三九年刻本《禹县志》作“东西二廡”。

【9】學：一九三九年刻本《禹县志》作“率”。

【10】友：一九三九年刻本《禹县志》作“文”。

定遠縣重修通濟橋記[1] 元統三年八月

谿出韭山，并定遠縣北，流入於淮。邑之西門，斬木聯杠以濟行人，每春夏水潦，則蕩析漂没無存焉。故歲或再葺，居者勞而行者病。凡經幾人幾歲，無有以爲意者。主簿蒲君實來，□己俸，唯資民之工力以成。爲梁五衕，樹石以爲柱，中施鐵□，覆以石版，琢爲欄楯。穹隆輵轇，上可以載大車，下可以通百斛舟。所用灰石人工，不可勝數。自元統二年十二月十五日戒事，至三年二月二十一日成。乃揭華表其東西端，題曰"通濟之橋"。君賦有方，程有度，督役有期，故工固而敏，役雖大而民若不與知者然。是故邑之人以暨四方之來者，皆交頌君，曰可謂能。今年春，余過壽陽，見有爲單父侯指路石者，以得君之爲政。既來佐泗水，邑人具告君嘗修三皇孔子廟，飾俎豆，創接官亭，凡公府衾褥僻帷帳一切所以奉公上者，無不治具，而通濟橋乃其續之徵也。我國家稽古建官，典農以尹，治道以丞以簿，官有常職，事宜無不至矣。然爲吏者率樂於從仕，而憚於盡職。詰旦，擁旌張蓋，揚揚入曹司，引筆摘紙署其上，上者曰上，下者曰下，至午而休。他凡所以利民者，拔一毫而不爲也。其統理千數百里，如古方伯諸侯之貴者，皆若是，而況佐邑之仕哉？甚者又餙虛功、執空文以調上，曰某事某事備如令。求誠能盡其職如蒲君者幾人？夫位不貴於高而貴於治，位高而不治，雖錫圭儋爵危危然，此余之所深耻，亦必蒲君之所恥也。邑人既上君之治，行部使者又願刻石以垂不泯，予故樂書之云耳。元统三年八月日，賜進士及第、承事郎、淮安路同知泗州事余闕譔。

校記：

【1】此文輯自明成化間修、弘治元年刻本《中都志》卷七。

郡城隍廟記[1]

合肥之城，江淮之岩邑也。其神祠在淝水南，浮圖祖桂至元中由明教臺寺來奉祠，傳其子惠淵。孫宗楹始作僧舍祠旁。楹之子可龍益募人錢，爲殿堂門廡，繼又得祠後廢軍廨及夏氏所施地，建別殿於其上。龍嘗以役請於皇孫宣讓王助之，有司與郡人亦皆

來助。龍又克効勞苦[2]，至畚錨之事，皆自親之。或不足，則稱
貸以從事。如此者凡十有餘年，而後克成，而城之廢久矣。元受
天命，萬國悉臣，山徼海域，咸奉供職，舉千餘年分裂之天下而
一之，故海內之城皆圮不治。而淮南者尤負固而後降者也，故城
之廢爲甚。特其神祠爲民祀禱而存[3]。古之報祀，雖坊庸之微皆
索而祭之。城隍者，保民之大，具其功，視坊庸甚遠矣，其祀豈
可以不嚴？祀之嚴，則先王保民之政尚亦有能議者乎？龍之爲，
視其徒，可謂近民者矣。郡人白玉、張世傑事神素謹，乃伐碑，
飭闕請爲之銘。其辭曰：阻江扼淮，大邦維廬。夾城於肥，萬人
以居。天作潛皋，以殿其旅。神精攸屬，靈保攸御。赫赫厥燭，
卓卓厥序。綺寮珠樹，呀如鼇呋。雕房玉除，下有芙蕖。冠裳珩
琚，神容穆如。邦之大夫，童旄婦女。歲时來胥，其容栩栩。燔[4]
簫擊鼓，烝衍於下。粵神涊予，以及斯所。一[5]者之季，廬
受其幣[6]。臨衝大[7]欘，亦莫我既。誰其爲之，伊神之貽。楚人
有[8]戶，如杍之縷。燠寒風雨，歲以民裕。云谁之佑，神之賚汝。
我相而疆，昔爲金湯。山川回翔，神其不忘。修捍而域，神有舊
勞。時享其逸，式居以敖。天子息民，燕及百神。神作[9]民主，
天子萬壽[10]。

校記：

【1】此文輯自清光緒十一年刻本《續修廬州府志》卷一八。

【2】龍又克効勞苦：清雍正八年刻本《合肥县志》本作"龙
又克盡劳"。

【3】特其神祠爲民祀禱而存：清雍正八年刻本《合肥县志》
本作"特其神祠因祷而存"。

【4】燔：清雍正八年刻本《合肥县志》本作"蟠"。

【5】一：清雍正八年刻本《合肥县志》本作"昔"。

【6】幣：清雍正八年刻本《合肥县志》本作"弊"。

【7】大：清雍正八年刻本《合肥县志》本作"小"。

【8】有：清雍正八年刻本《合肥县志》本作"其"。

【9】作：清雍正八年刻本《合肥县志》本作"化"。

【10】壽：清雍正八年刻本《合肥县志》本作"年"。

染習寓語為蘇友作

人若近賢良，喻如紙一张。以紙包蘭麝，因香而得香。人若近邪友，喻如一枝柳。以柳穿鱼鱉，因臭而得臭。

結交警語

君子相親，如蘭將春。無夭色之媚目，有清香之襲人。小人相親，如桃將春。有夭色之媚目，無幽香之襲人。

御書贊

今上皇帝潛邸廣西時，書方穀字賜臣毛遇順，謹贊曰：皇德淵靚，泊如大虛。海上沐日，惟書為娛。穆穆元雲，垂若脂素。神馬登河，驚鴬遊霧。臣順霑賜，雲漢在上，胡不實焉？

贊晦庵

父前子後，大带长裾。人仰其名，家诵其书。盛哉若人，是谓用譽。

慈利州天門書院碑

皇上稽古明道，飭躬建極，孜孜於治者十有四年，慨然念生民之未遂，徽化之未洽，遂詔大臣嚴守令之選，更考績之法，使之務農桑、興學校，以其殿最而進退之。維時貫侯阿思蘭海牙來監慈利，乃均賦疏訟，剔除奸强，期月之間，民志丕應。州有廟學，既敝且壞，侯與同知州事楊君雄偉、判官李君伯顏、焦君克忠勸其邑人萬文綬悉修完之。天門書院者，国初時州民田公社著作之山中，傍隣獠峒，職教罕至。橡棟摧腐，神用弗寧，租入單寡，士無以養，名存實廢，靡所爲教。於是山長張德明以請於侯，侯益大懼不任，以隳教本。民有田懷德詣侯言曰："昔吾父荣孫甞爲州作三皇廟，鄉邦称之。今仁侯幸導宣德意，惠教遭壞，願輸財力，遷而大之。"乃度地於澧水之陽、天門之麓，揆日程事，百工并作，期月而學成。宮廟閑敞，階序整峻，講肄曆黌具治弗，遺稱其所謂諸侯類官者。民士懷道，鼓篋而至，敬業樂群，惟侯之教。侯復爲之據經引史，開祈疑義，訢訢顒顒，有如鄒魯。邑人楊侯舟、張侯兌皆以髦俊登名天府，有政有文，侯又尊而礼之，以表民厲俗。其於教思亦云勤矣，然不自以为功，使使來鄂，願有紀述，曰"俾吾民获闻道德仁義之言，君之賜也。昔我祖宗已篤於教，武宗、仁宗益大用勸。至於皇上，同符往哲，法官之中，萬幾之暇，惟先王簡册，卧起與俱。以古之治，德礼是首，乃著吏課，俾民興學，荒遐所任，非賢不使，故爾民得賢侯以治以教，俾爾游乎詩書之淵，而息乎礼義之圃。其小人服礼以事其上，其君子力學以待用，則上之德與民之幸，其眂於古，豈不侈且大哉！宜有銘詩，以昭化志功，章於無窮"。前侯野仙海牙君之昆季，世系勳閥具見州學之碑。銘曰：帝篤保惠，惟守惟比。詢於台衡，命以六事。貫侯振振，葱利是監。去其螟蟊，使民耕鑿。既綱既紀，於學有事。民誰子來，惟此田氏。惟此田氏，訾[1]長厥里。相侯有作，丕应厥志。厥初玄圣，越處在阿。樂是侯興，式遷於嘉。嵩梁有佳，井絡所委。凌黔轔淑，爲望於澧。山有松柏，是斲是削。是橾是㯮，爲栋爲桶。陟其在筵，龍章朱延。臨爾炳然，降觀於宇。秋秋有序，作配在下。笙磬柷敔，牲齊維旅。侯人即事，其儀伊詡。坎坎擊鼓，有士如雨。侯陳其書，以教以語。以酬以酢，以論以報。執爵與醬，以事老父。理融於中，和暢於膚。有頑弗即，亦來在隅。有薗有秩，惟帝训勑。惠於天常，於帝之極。昔弗課吏，祗事以文。今着孔嚴，民章聿興。楚公之孙，兄弟先後。克廣帝心，道民於厚。天门之嗟[2]，新廟有儀。侈兹侯功，俾民遂歌。

校記：

【1】訾：文淵閣《四庫全書》本《青陽集》作"貲"。

【2】嗟：文淵閣《四庫全書》本《青陽集》作"嵯"。

安慶城隍顯忠靈祐王碑 至正十六年四月[1]

城隍祠古不經見，自唐以來始稍稍見之。今自天子都邑，下逮郡縣，至於山夷海嶠，荒墟左里之內，無不有祠。然以余觀之，民之事神與夫神之著靈於民，鮮有聞如舒者也。舒，故楚壤也，其俗巫鬼，今乃它無所祠祀，獨於城隍出必祈，反必報，水旱疾疫必禱，一歲之中，奉瞽蕭、膏鐙、旛幢於廷者無虛日。五月之望，里俗相傳以神生之日也，民無貧富、男女、旄倪，空巷閭，出樂神，吹簫伐鼓，張百戲遊像與於國中，如是者盡三日而後止，其祠眎郡爲特盛。至正中，賴六之盜起，江淮以南郡縣以陷没者十七八，及盜之平所在爲墟。舒特比盜竟大小格門前後，百餘民率咨神而後行，卜朝以戰則朝而捷，卜夕以戰則夕而捷，群盜未嘗一日得志而去者，故其城郭廬屋眎他郡爲特完。民不忘神德，相率出泉以新其廟。又請於朝，乞崇其號，以大報之。中書下其事，太常博士議升神於王，號“顯忠靈祐”。十四年夏四月，報下。帥守及民以少牢祀神於前殿，而揚言於衆曰“夫舒，大獄之裔也，淮南方諸國之所能擬，其神之著靈固宜，且吾舒人親上死長，既義而忠，神之雍休亦其宜也”。乃爲銘詩，刻之廟門，以薦道神休民德於無窮。其辭曰：岩岩大嶽，時維皖潛。臨此大邦，爲望於南。神宮於鑠，追房綺閣。玉几在中，袞衣朱舄。其靈有皇，其聲有那。使人齋明，奔走是宜。彼惛不臧，盜兵以狂。蜂屯於疆，其旆央央。我民秉義，弗隨禦之。殷輪鼓之，裹創斧之。其衷伊爽，赫若皎日。神之正直，宜福之錫。天人之綷，具曰旭卉。明者际之，端若觀火。天目者人，人成者大。相彼草木，其固可言。此有榮木，蕃彼雨露。彼有顛由，自無承者。凡今亂邦，孰無神依？民失厥道，胡能有右？桓桓舒人，爲君爲國。先民有言，自求多福。其充厥行，孝父長兄。弗祈於神，丕乃降祥。而自不義，不率不迪。來瞻於言，神吐不食。古師之克，孰律以報。今我小康，敢忘厥祐？巖巖奉常，秩號有光。牲幣版章，升真於王。禮行既具，樂章既卒。工祝致告，徂賴無極。其自於今，無害有年。民樂斷斷，烝衎於神。

校記：

【1】此文寫作時間據明嘉靖三十三年刻本《安慶府志》卷一六、一九一六年石印本《安慶府志》卷二六標出。

化城寺碑

小河出霍，東流至六，北轉南折，以入於。河曲有洲二，參互衍迤，帶之以清流，被之以嘉木，齊頭諸峰離列其前，森蔚峭麗，如屏如戟，可指而數。禪師洪聰泰定初自邢開元寺遊淮，過而樂之。州民闞氏爲買其地，乃築室前洲居焉。學佛者聞其行，多往從之。室隘不能容，六人乃委貨利，輸材木，未築廣其居。久而從之者益衆，而人之爲築者益大。前有門，中有壁，左右有序。爲穹屋壁後以庀佛，爲堂序西以棲僧。鍾魚鈴磬，凡浮圖之器皆具。陡其傍聯絡二洲，匯水其中以溉田。爲圃以蔬，爲場以樹，雜植梨、栗、棗、柿、榕、竹之屬數千本。春土膏贄[1]，則率其從[2]及優婆塞負耒出耕，而躬爲耨，衆亦勤田力作，力齊而糞多，凡食百餘人，而稻麥麻菽果茹不取於人而常裕。務閑即合其衆，講其師之說，因號其寺爲"化城"。皇孫宣讓王雅敬佛乘，與爲外護，六人之事佛者亦無不禮爲。余聞聰嘗歷事江南名僧，其才幹敏，其行敦樸而勤苦，其言辯博，善於誘人。平生未嘗蓄一錢，有所得，悉以俾其弟子，使治其居，故人慕而愛之，而就此易也。然余聞之：古農工商士皆用世之人也，浮圖後出，其道以出世爲說，而須世以生，故言道者病焉。聰學出世之道而不須於世，故君子取之。禪師松江人，姓陸氏，初事法忍海翁師，後受具於開元明公。銘曰：

洋洋清川，藹藹蘭陼。名標化城，斯實寶所。芝陌藤井，丹檻瓊戶。翠嶺承憁，瑤溪寰宇。寶樹朝蔭，水華晚妍。未瞻靈鷲，已蕭祇園。朱鳥殷宵，倉庚司序。夫須以耕，閑閑於野。陽烏斂曜，清鐘戒夕。詵詵學徒，棲禪於室。練心净域，結軌玄塗。渡河析獸，抽[3]衣啟珠。內無佚己，外弗求物。以學以耕，其誰之疾？王侯歸依，四姓[4]效績。斯辭貞瑉，永告無斁。

校記：

【1】贅：文淵閣《四庫全書》本《青陽集》作"動"。

【2】從：文淵閣《四庫全書》本《青陽集》作"徒"。

【3】抽：文淵閣《四庫全書》本《青陽集》作"袖"。

【4】姓：文淵閣《四庫全書》本《青陽集》作"性"。

濟美堂銘

觀夫封建之命，攸貴象賢；考室之詩，奧蘄朱芾。蓋人以人[1]而兢，家以材而興。情之所願，孰大於此？濟美堂者，丞相賀公所居之正寢也。自公之先，奕世載德，忠貞以茂功而基業，惠愍以厚澤而亢宗。名冠庶僚，勳配名族。故能保其富貴，世守茲堂。蕭何之第，不爲勢家所奪；晏嬰之廬，當守先人之舊。念茲多懼，思貽無窮。故取文子之言以爲扁表，所以昭先烈、示後昆，庶幾持盈之戒不忘於侑坐，良相之業可續於箕裘。某忝登公之堂，知公所以命名之意，謹爲銘曰：

皇慶有極，析木之津。孰爲林匹，作我世臣。烈烈賀氏，祖孫承德。肅肅崇構，奠茲王國。厥茲有室，爰考斯堂。儉不至國，質乃逾章。前籞翠觀，後麗玄武。榮并棲鶯，制惟旋馬。疏承俱[2]嶺，闔鏡瑤泉。齋齋文井，黼黼塵筵。惟公先王[3]，克濟厥美。其美維向，黃中通理。忠貞底法，相我世皇。啟茲陪輔，爲時廩京。惠潛肯構，樹立有茂。惠農商工，澤深仁厚。兩公之懿，後先相望。故居不斥，疏爵彌光。禮賢於館，麗族於室。廟寧邕貞，庭具鍾食。出有旌榮，入有圖書。龍光載錫，戚里通車。

□□□□，德及累世。至於今公，奮庸於位。開誠布公，登選俊良。挈彼宇寰，隮於平康。天子是君[4]，民命是賴。敦功盤[5]石，垂裔河帶。小心寅畏，念茲厥初。欲其曾玄，眠此渠渠。百尺之木，其本必倍。混混源泉，其流無既。惟忠惟孝，爲本爲源。勉師元凱，相我皇軒。

校記：

【1】人：文淵閣《四庫全書》本《青陽集》作“國”。

【2】但：文淵閣《四庫全書》本《青陽集》作“仙”。

【3】王：文淵閣《四庫全書》本《青陽集》作“世”。

【4】君：文淵閣《四庫全書》本《青陽集》作“若”。

【5】盤：文淵閣《四庫全書》本《青陽集》作“磐”。

青陽縣尹袁君功銘并序

紅軍起潁、六，縱掠江淮之南。南方之地，雄都鉅鎮，諸侯王之所封，藩臣臬司之所治，高城浚隍，長戟强弩之所守，環轍碎之，鮮有固其國者。青陽，小邑也，非有山溪之險、兵甲之利、貔狖熊虎之衆以爲之固也。昔者行戍過之，其邑屋無所燬敗，其民安生樂事，無桴鼓之驚。其館人具酒肉芻粟迎勞使者，無喪亂窮苦之態，如治平時。問其所以全，則皆其尹袁君之功也。君初遊太學，舉茂才，五轉而尹茲邑。爲人端敏精强，重知人情、里俗與其所疾苦，而其心一以愛人爲主本[1]。民有門訟[2]，從容召逮，不數言，折之庭中，未嘗有留獄也。邑有積患，吏之所不爲理者，悉薅櫛治，一切與之道利之。冗吏、悍卒不敢入縣門以干其公，大家、武人不敢肆虐其鄉與其過人。其治既已張矣，乃以其暇日作伏羲、神農、黃帝祠祀之，俾民知所本始。吉月望日，衣深衣角巾，拜謁孔子廟。退，坐講席，横經析義，進民觀聽其左，以習知立身行巳之大端。於是上下相率，惟君言之爲聽。張弛禁止，無抑其教者。其治如此，故民德之而無畔心。及盜入番，君即委家野處，令民爲保伍，自守其地，而身往來督眂之。相民之良者，收其豪以爲己用。其無良而起應者，誅磔無遺。有盜至，率民逆戰，如武夫健將然。其勇如此，故民恃之而有兢心，卒能外捍憑陵、内固根本，至於今日休也。余出入乱中，以觀南方之民，或盜至而乱，或未至而迎降，撞搪譎恠，有如鬼蜮，豈獨異性人哉？由吏政不足以得民心，勇不足以振民氣，民興而善者亦莫之能守也。使夫天下之吏皆得如君者用之，則亦何至如今者之事哉？不幸有之，則亦易治，不至若是極也。今亂而甫定也，湖湘之間，千里爲虚。驛馳十餘日，荊棘没人，漫不見行跡[3]。青陽之民於是益以君爲有德於我也，平居稱謂，皆曰“我君”，而不忍名字君。邑之故老與其學士願銘貞石，薦君功德，垂於無窮，而使儒生程孔昭請辭於余。余故史氏也，於志義無所讓，乃爲之銘。君名俊，字孟敏，富州人也。辭曰：

元受天命，并臣萬邦。如山如澤，或生蛇龍。馮淮逾江，殘吴嚙楚。信[4]嘯厚兇，邑無完者。徂兹青陽，番人所毗。君治有政，民亂無階。亂民來既，俾民爲伍。君先以勇，衆繕厥武。民以爲城，治以爲兵。大邦攸畏，小邦攸懔。相彼亂邦，裒骨如麻。爾父爾子，耕稼嘯歌。亂之所定，棘生有闕。爾室爾家，究爲安宅。君功在時，民亂弗知。既克底靖，功爲君歸。載其肥羜，及其旨酒。祝君無歸，亦戒難老。念之謂之，易由畀之。至於孫子，懷允無止。南山之華，其美如英。媿於君功，民説無疆。

校記：

【1】而其心一以愛人爲主本：文淵閣《四庫全書》本《青陽

集》作"而其心一以愛人爲本"。

【2】民有門訟：文淵閣《四庫全書》本《青陽集》作"至民有嗣讼"。

【3】跡：文淵閣《四庫全書》本《青陽集》作"踪"。

【4】信：文淵閣《四庫全書》本《青陽集》作"猖"。

勉學齋銘 爲汪民作[1]

飛黄之疾，一日千里。駑馬弗輟，十駕可至。聖源於學，不以其才。或利而勉，殊塗同歸。人十己千，人一己百。孰云余愚，而聖可作。行百里者，其半九十。十里弗勉，不入於室。爾祖好修，厥有令名。勉兹學者，聿觀其成。

校記：

【1】爲汪民作：文淵閣《四庫全書》本《青陽集》作"汪泽民"。

鎦府君墓銘

元至元戊寅八月十六日，鄱鎦君殁。既葬，而天下兵亂，不克立碣墓左。今海宇晏夷，冢子晷始刻銘以昭厥志。君諱斗鳳，字友梧，母李萝鳳壽北斗間而生，故名。君疏髯偉度，倜儻負奇氣。嘗攻舉子業，屢試不利。監郡馬公某舉茂材，部使者王公都中賢之，復交薦，授集慶句容校官。既而慨然曰：大丈夫坐廟堂，佐天子，出號令，以保丈庶民。不然仗節出萬里外，氣慑夷狄耳。奈何棲棲服章逢鄉井耶？遂絕江渡淮，遡河濟，過齊鲁之邦，遨遊燕趙間，週迴秦漢故都。南還吴楚，登高酌酒，弔古豪傑遺跡，發爲歌詩，皆磊落魁奇。當時，虞文靖公集、揭文安公奚斯、禮部郎中吳公師道皆咸交君，愛其材雄贍，爭言於中書，擢應奉翰林文字，未上而卒，年三十二。以卒之年十月十五日，葬鄱義城東潘超之源[1]。遺詩文若干卷，燬於兵。父諱環岫，字傑夫，兩浙鹽運提舉。大父安朝，宋國子生。君家世簪纓，光奕史牒。宋贈檢校、太尉、中書令、左僕射、封潁川王浩，八世祖也。君克繼詩書，有志弗獲顯庸，惜哉！配朱，生昺、昱、爕三男子。昱、爕亦夭。昺復業儒，文聲動縉紳間。銘曰：猗鳳鳥，昧靈兆。壽曷少，氣則浩。蹠而老，顔而夭，匪天道兮！

校記：

【1】源：文淵閣《四庫全書》本《青陽集》作“原”。

葛徵君墓表　至正六年

君諱聞孫，字景先，姓葛氏，累世皆隱合肥巢湖之上。有少田，力耕以爲學。至君祖嗣武始補太學生，遷桐城縣主簿。宋亡，遂歸隱。淮安忠武王錄宋官，龍泉縣丞[1]辭不受，而自放於詩酒以終。文[2]天民。亦隱德弗耀。君生十九年而孤，能自策屬爲學。天性警敏，日誦數千言，輒終身不忘。居家孝友，待朋友有信義。每旦冠衣詣母束夫人問起居，躬眠食飲。惟夫人色所欲。即趨爲之。凡物夫人未食，即弗御也。親舊知其然，每食親，以先以餽君，使奉夫人。當以貧出爲頓文學，既而曰“此非養志之道也”。尋不復仕。其後宰相薦君文行可用，擢翰林國史院編修官，復辭，不赴召，而教授於其家。諸生不遠齋楚之路，皆來從之。余嘗謁君湖上，升堂拜束夫人，君侍側，須髮皓然，進几捧觴，進退旋辟惟謹，爲好言温藉之。母夫人年八十餘，耳目聰明，泄泄然樂也。食下，始出坐館中，爲諸生談先王之道。諸生環列修整，皆若有得焉者。間以親故入城中，城中人無少長爭候迎謁，以不至其家爲恥。君與人言，無賢不肖，率依於忠孝。其語切直[3]，初若不可親，及徐就之，乃甚有味，久而不厭也。里中有鬥訟，官府所不能折者，君以一言決之，其見重於鄉如此。以故鄉大夫有大政與大獄，多以詢君，君亦通練誠懇，問無不言。諸大夫陰用之，鄉人多蒙其利，此余之所知而鄉人未盡知也。至正五年，母夫人以壽終於家。予往弔之，君衰絰羸然，眾以爲君者不勝喪如此。是年冬，余還京師，而君遂以死矣。嗚呼！聖人之道猶夭然，而一本於卑近，精粗本末無二致也。而世或騖於高虛，若德合一官、行庇一鄉者，往往薄之，以爲不足爲。君平生不事大言高論，而先生行事皆聖賢之實用，其用以教人亦必以此。雖不肯出仕以盡其所學，而其學之可用，蓋不待出而後見也。其文章平實，稱其爲人。有文集若干卷，藏於家。配倪氏，子男一人楨，黃岡縣學教諭。女六人，皆適士族。君之歿，以至正五年九月癸巳，其葬在十二月癸酉，年六十一。明年，其友余闕表其墓曰：“昔予登第，還里中，里中長老言：‘朝廷召君時，合肥之學甘露降於松。’明年，又降於柏。占者曰：‘國家養老之祥也。’君得於人者如此，而得於天者又如彼，非篤於孝友、積誠而不已，其能然乎？鄉之人士，過君墓者式之！”

校記：

【1】龍泉縣丞：文淵閣《四庫全書》本《青陽集》作“授龍泉縣丞”。

【2】文：文淵閣《四庫全書》本《青陽集》作“父”。

【3】直：文淵閣《四庫全書》本《青陽集》作“至”。

張同知墓表

澧之慈利有隱者曰張君，積學厲操，居州之雍沙鄉，雍沙之人称之，以爲能孝。君喪父時，年始十四，即養母而能敬。生事大小，自盡身力，一不以屬母，而務有以樂其心。母素多病，君自侍側，具湯液食飲，行坐卧起，必自扶掖之，而未嘗去左右，如此者殆三十年。間適市，心動，亟歸眠母。火發帷，家人無在者，母病卧，且驚不能起。君冒烟熖，褫幃撲滅之。微君，母幾不能免。母病甚，嘗割股肉以療之。夜即焚香籲天，願以己年益母壽。母殁，哀戚甚。躬負土爲墓，不以委僮奴，人是以謂之孝也，良重信之。有爭訟者，不詣公府，而詣君取直。其里之麐鹿泉者，鄉人素賴以溉田。延祐丙辰夏大旱，泉竭。衆相與祠其上，喪豚敗鼓，卒不能出泉。乃水以走君，曰“泉閟，禾且稿[1]，民不知死所矣。泉其或者聽孝子乎？君爲沐浴而往，再拜，爲民請，泉出如綫”。衆讙曰：“泉至矣！”君乃又再拜，泉沛然如初，所溉方數十里之地。是年獨得歲，人益齗然謂君誠孝子也。君性介直不阿，鄉里敬之。有撓曲爲欺者，見君，面輒發赤。其事寡姊有恩義，經紀其家事，如其家。凡細行類此，多可書者，不書，大其孝也。君通《尚書》，以授其子兖。兖亦博學，有文章，元統元年貢于礼部，中高等，授同知茶陵州事。君以子貴封承事郎英德州同知，聲光顯融，享有禄養，凡七年，以壽終於家。自君之没，兖之治民日有政譽，轉尹當塗。公廉勁毅，以治行稱，徵爲翰林國史院編修官。君子曰：“天與善人。孝者，善之紀也。故孝者必有子。”今於君徵之，尤信。君諱杏孫，字子春，以至元己卽十一月二十一日卒，年五十有四，以某年某月蘷州之懷德鄉永樂村青山谷。張氏世爲蜀之安岳人。曾祖文震，宋吳潛榜進士，官至知江安縣。祖圓，避亂，始遷澧。自圓而下，皆世治儒術，然無顯者。顯乃自君始，是可表也。

校記：

【1】稿：文淵閣《四庫全書》本《青陽集》作"槁"。

兩伍張氏阡表 至正六年二月

張氏本酇陽人，其先世有諱豈者，徙家淮南之兩伍村，子孫繁富，皆有美田在湖上，無貧者。君之祖子可，始爲儒教子。君父諒裔，日誦書，不問其家生業。見異書，無錢質衣買之。故君家在諸張中獨貧，而教子益不息。君諱共辰，字景星，少以儒薦爲興化縣教諭、崇明州學録、泰州學正，雲南柏興府、建康路兩學教授。改將仕郎，主安豐霍丘縣簿而卒。弟竑，字景山，亦由天長、泰興教諭、揚州學正、真州教授，以將仕郎、滁州判官致仕。初，張氏雖盛，然皆農家，無聞人。自君父以耆學著称鄉校，逮君兄弟登仕版，有聞譽，故兩伍張氏遂称江淮間。君爲人寬厚，不嗜利，居貧晏如，不以動心。竑性剛介[1]好賢而疾惡。此兩人者，所操雖異，而士大夫與之交者一愛敬之。君兄弟仕時，其父已死矣，君每與人言其先世，必嗚咽流涕，曰："吾先人以儒者望吾兄弟，吾兄弟今皆讀書爲儒官，雖貧，亦何憾哉？"余往吏淮南，聞君伯仲之名甚習。會君之孫天永，遂得其先世之概如此，重爲慨息。蓋淮俗之數易矣！宋之季時，其地專用武，故民多尚勇力而事格鬥，有號爲進士登科第者，往往皆武學也。混一以來，其俗益降，民之賢者始安於農晦，其下則紛趨於末，以爭夫魚鹽之利，其積而至大富者，輿馬之華、宮廬之侈，封君莫之過也。

故其俗益薄儒，以爲不足以利己。朝廷設科以誘之，今三十年，民亦少出應詔。君父子自拔於衆人之中，傾家以爲學，可不謂之豪傑之士哉？天永自樹巘然，弱冠屬文敦義，異時非能振其宗乎？詩書之教，能淑人心，學之至，可以爲聖賢，其次不失爲善人，其緒餘亦可以得祿以振耀其宗族。夫孰知不足以利己者，爲其家之大利與？君之於鄉，可表以厲俗矣。君兄弟歿，兩伍之墓隘，不能葬，乃改卜倪邨葬焉。君配陳氏，子二人：禎，桃源縣教諭。男三人：天序、天庭、天庸。竑娶李氏，子一人：燮，將仕佐郎、揚州教授。孫男三人：長天永，次天奇、天亨。至正六年二月述。

　　校記：

【1】介：文淵閣《四庫全書》本《青陽集》作“直”。

潛嶽禱雨文

　　具官余闕謹告於南嶽潛山之神曰：凡列於天地之間者，吏食君祿以治其爭訟，神享君祀以禦其災患，無非事者也。自盜之興，同安之民農失其耕，工失其業，商失其資，吾吏日夜孜孜以圖利之，安集之，以思報君食。然自去歲以來，田苗屢旱，雨澤不時，百姓饑死，此則非吏之所能爲而神之責也。夫所謂神者，以其聰明正直而能福善禍淫者也。昔者凶盜燔爾宮廟，既爾粢盛，而吾民紓忠迪義以殄滅之，而神乃禍民而弗禍盜，所謂福善禍淫者安在？吏或不職以干天和，神乃降災於民而弗降災於吏，所謂聰明正直者安在？夫群神雖舉各有攸職，能興雲致雨者，惟山川之神耳。爾神受命作嶽，司命之寄在東、北、西三神之上，又吾同安封內之神也，水旱之責不於汝而奚歸？今白露將近，雖雨無及，茲與神期三日大雨，田禾熟成將率吾民修爾宮廟，奉爾祭祀，不然將與民圖變置，汝其無悔！

西海祝文

維兌爲澤，奠位宅西。翕輪陰彙，蕩泊金天。我有駿命，肇域茲澁。祀事惟常，於皇無替。

后土祝文

媼靈旁魄，合德於天。食於汾睢，爲古方澤。有嚴毋事，殷薦齋明。蘄我函[1]生，永沐光化。

校記：

【1】函：文淵閣《四庫全書》本《青陽集》作"涵"。

西嶽祝文

節彼靈岳，荒於華陽。二儀鍾秀，三條分方。興雨祈祈，嘉祉耿耿。以報以霾，神休惟永。

河瀆祝文

水伯之德，稱自前古。肆予寧神，罔有弗至。粹[1]庙伊嘉，況載薦醬。閔茲瘵人，以翕暴橫。

校記：

【1】粹：文淵閣《四庫全書》本《青陽集》作"萃"。

江瀆祝文

水德之靈，神實位長。鴻紀六州，澤施三壤。秔稌允殖，飛潜資養。我報以祀，神哉昭享。

中鎮祝文

岩岩大岳，爲望於冀。宣德禀神，作鎮中土。唯中是建，四方之極。神祐我民，列岳所眠。

西鎮祝文

天作高山，典司雲雨。作福於下，秩配君公。有嚴崇鎮，奠我岐下。惠於西土，民人所薦。

湖廣省正旦賀表

二儀啓歷，申逢首祚之期；四海登圖，誕際朝元之會。普天均慶，庶物皆春。中賀：運撫休嘉，功深對育。與民同始，須解網之寬條；属吏在延，布畫衣之新憲。光輝縟典，益固皇基。臣等猥以凡庸，叨陪亮采。身江湖而心魏闕，遥陳晉錫之詞；内君子而外小人，願介泰來之祉。

正旦賀箋

伏以青陽煥景，丕陳元會之儀，彤史表年，申告履端之慶。和薰率土，喜洽岩宸。合德無疆，徽音有馥。六宮進御，人涵[1]木之恩；九廟烝嘗，時謹采蘩之事。茂臨蒼律，益介鴻禧。臣等遠任旬宣，阻趨朝覲。椒盤獻頌，仰瞻玄武之光；桂殿迎春，早應高禖之瑞。

校記：

【1】：文淵閣《四庫全書》本《青陽集》作"樛"。

聖節賀表

伏以華渚效祥，光臨首夏；大廷行慶，忻對上儀。凡四表之尊親，同一心而舞蹈。□功超振古，仁治含生。竭智附賢，特重合衡之選；輕徭薄賦，屢頒綸[1]之恩。德與氣游，壽宜川至。臣等旬宣江漢，企[2]望蓬萊。承露絲囊，遙獻無疆之頌；齊天寶命，願符有道之長。

校記：

【1】：文淵閣《四庫全書》本作"綍"。

【2】企：文淵閣《四庫全書》本《青陽集》作"瞻"。

買住

買住，字從道，西域唐兀氏，東移定居廣平（今河北省東南端館陶縣與魏縣之間）。元順帝元統元年（1333）賜進士及第，歷任保定路安州同知、松陽縣達魯花赤等職。買住通曉漢語，擅長用漢文作詩。

在《元史》人名中有八個買住，一是畏兀兒族著名翻譯家阿魯渾薩理的三子買住；二是契丹朱哥第買住；三是"討吾者野人"遇害的萬戶買住；四是由湖廣平章升爲大司農、魯國公的買住；五是監察御史買住；六是中書右丞買住；七是順帝至元二十七年爲雲國公的買住；八是進士買住。這裏介紹的是進士買住。

生平事蹟在（清）顧嗣立、席世臣編《元詩選·癸集》癸之己上中有記載。

此次點校詩以清嘉慶三年席氏掃葉山房刻本《元詩選·癸集》爲底本，詩共計一首。

七言律詩

和伯篤魯丁浮雲寺 此詩一作無名氏

馬首山光潑眼青，柳邊童叟遠歡迎。花飛南苑芳春暮，涼入西樓夜月平。野鳥喚晴聲正滑，主人留客酒初行。明年我亦燕山去，稻可供炊魚可羹。

觀音奴

　　觀音奴，字志能，號剛齋，唐兀氏，寓居新州（今廣東新興）。元代蒙古族名觀音奴者有二人，畏兀兒同名者有一人，唐兀氏同名者有二人。泰定四年（1327）進士，與薩都剌同年。由戶部主事，出爲廣西憲司經歷，後至元五年（1339）任南台御史，轉知歸德府，斷獄有聲，陞都水監。晚年致仕歸里，享年六十九。

　　生平事蹟見《至正金陵新志》卷六《御史題名》，（元）張翥《寄志能天錫二台郎》（《草堂雅集》卷四）、《寄觀志能照磨》（《蛻庵集》卷五），（元）虞集《剛齋說》（《道園類稿》卷三十）、《跋陳君章所藏觀志能新樂府引》（《道園類稿》卷三十五），（元）傅若金《送觀志能廣西憲司經歷》（《傅與礪詩集》卷七），（明）釋大訢《次韻廉公秀御史送觀志能台郎赴都》（《蒲室集》卷一）、《送觀志能台郎赴都（得勤字）》（《蒲室集》卷一）、《送太禧宗煙院觀志能照磨監造御曲還朝》（《蒲室集》卷五），（明）宋濂等撰《元史》卷一百九十二《良吏傳》，（清）顧嗣立、席世臣編《元詩選·癸集》，周紹祖主編《西域文化名人志》，王叔磐、孫玉溱著《古代蒙古族漢文詩選》，王叔磐編《元代少數民族詩選》，趙相璧《歷代蒙古族著作家述略》。

此次點校詩以清嘉慶三年席氏掃葉山房刻本《元詩選·癸集》、中華書局 1959 年影印《永樂大典》爲底本，以明弘治刻本《古黄遺蹟集》爲校本，詩共計四首。

五言律詩

詠七星岩[1]

挂杖訪棲霞，神仙信有家。聽泉消俗慮，拂石看雲花。海内年將暮，山中日未斜。何堪驄馬去，回首一塵遮。

仙子何年去，高風杳莫攀。人皆趨捷徑，我獨愛空山。石溜凝遺像，苔深隱舊班。繡衣臨斗度，欲訪紫芝閑。

校記：

【1】此二詩輯自《永樂大典》卷九七六三。《元詩選·癸集》中僅收錄第一首，題作“棲霞洞”。

七言律詩

四見亭[1]

　　臥麟山前江水平，臥麟山下望行雲。山雲山柳歲時好[2]，江水江花顏色新。長江西來流不盡，東到滄海無回津。我欲登臨問興廢，今時不見古時人。

校記：

【1】《古黃遺蹟集》題作“詠四見亭”。

【2】山雲山柳歲時好：《古黃遺蹟集》作“雲山雲樹幾時好”。

賑寧陵

　　春蠶老後麥秋前，馳驛親頒賑濟錢。屬邑七城蒙惠澤，饑民萬口得生全。荒村夜月聞春杵，破屋薰風見竈煙。聖主仁慈恩似海，更將差稅免今年。

拜鐵穆爾

　　拜鐵穆爾，字君壽，唐兀氏人。元順帝至元四年（1338）官秘書郎，後又任福建行省郎中。拜鐵穆爾於史無傳，《元詩選·癸集》《皇元風雅》後集卷五存其《溪山春晚》七律詩一首，生平事蹟見于趙相璧著《歷代蒙古族著作家述略》、周紹祖主編《西域文化名人志》。

　　此次點校詩以清嘉慶三年席氏掃葉山房刻本《元詩選·癸集》爲底本，以上海商務印書館出版的（元）傅習撰、（元）孫存吾輯《皇元風雅》（《四部叢刊》初編影印本）爲校本。詩共計一首。

七言律詩

溪山春晚

興來無事上幽亭，雨過郊原[1]一片春。路失前山雲氣重，帆收遠浦客舟停。笛笙野館二三曲，燈燭林坰四五星。坐久不堪聞杜宇，東風吹我酒初醒。

校記：

【1】原：《皇元風雅》後集卷五作"園"。

斡玉倫徒

斡玉倫徒，又作斡玉倫都，字克莊，号海樵（或海樵子），元中期唐兀氏人。世居西夏寧州（甘肅寧縣），出身于將相之家。斡玉倫徒以《禮》舉進士，歷奎章閣典簽、淮西廉訪司僉事。後至元六年除南臺經歷，至正元年擢福建廉訪副使，入爲工部侍郎，預修《宋史》，累遷山南廉訪使，拜侍御史。（元）虞集《道園學古錄》中说："奎章阁典签玉伦都尝以礼记举进士，从予成均（皇帝所办大學，即国子监、国子學），于阁（指奎章阁）下，又为僚焉。"有詩文名，長于書法。

生平事蹟在（元）虞集《道園學古錄》，（明）宋濂《元史》卷一三四，陳衍輯撰《元詩紀事》卷十七，陳垣《元西域人華化考》，羅康泰《甘肅人物辭典》，周紹祖主編《西域文化名人志》，張永鍾《河西歷史人物詩話》，高文德主編《中國民族史人物辭典》，王叔磐編《元代少數民族詩選》中均有記載。

在元詩文獻中，斡玉倫徒的名字有不同寫法。《元詩選·癸集》將斡玉倫徒詩分屬于斡玉倫徒（丁集）、玉倫徒（戊集下）、斡玉麟圖（戊集下）。《元詩紀事》則以斡玉倫都稱之。但他自己的題跋手跡，總自稱斡玉倫徒，如跋嵇康《絕交書》署"靈武斡玉倫徒克莊在武林驛書”（明代李日華《味水軒日記》卷一）。

此次點校以清嘉慶三年席氏掃葉山房刻本《元詩選・癸集》，商務印書館 1921 年版《元詩紀事》，明弘治刻本《古黄遺蹟集》爲底本，以上海商務印書館出版的（元）傅習撰、（元）孫存吾輯《皇元風雅》（《四部叢刊》初編影印本）爲校本，詩共計八首。

七言律詩

題西湖亭子寄徐復初檢校

夫容花開一萬頃，錢塘最好是湖邊。曉風得酒更留月，春水到門還放船。笙引鳳凰天上曲，賦裁鸚鵡座中賢。令人却憶徐公子，深閣焚香日晏眠。

遊山谷寺

春風重到野人原，修竹桃花尚儼然。高塔已空多劫夢，清溪猶說昔時禪。鶴知避錫歸華表，龍愛聽經出石泉。寄語宿雲莫輕去，岩前草樹綠無邊。

題三沙[1]

鬱葱佳氣豁空濛，天馭飛霞絢海紅。萬象杳冥惟見日，九天迢

遞更乘風。人騎仙鶴上瀛渚，山引蓬萊出貝宮。海外蒼生向誰理，
繡衣更過九州東。

校記：

【1】按：《元詩選·癸集》癸之戊下作者標註爲"斡玉麟
圖"，實爲"斡玉倫徒"。

詠四望亭[1]

前朝亭廢野蕪侵，暇日躋攀試眺吟。楚地寒烟青漠遠，漢江秋
水碧流深。連綿阡陌桑麻藹，負郭人家竹葉森。千載麒麟山下路，
不知游客幾登臨。

校記：

【1】此詩輯自明弘治刻本《古黄遺蹟集》。

七言絶句

題葉氏四愛堂三首[1]

原有梅兮隰有蘭，君子之愛何幽閑。陟崔嵬兮履潺湲，胡不歸
樂山之間。

岸有菊兮渚有蓮，君子之愛何清妍。雜佩有贈勿棄捐，胡不歸
兮樂歲年。

瓊臺石室何威夷，親之所愛子所思。托根后土深且滋，春雨秋

露無已時。

校記：

【1】《皇元風雅》後集卷四題作《四愛題詠》。

訪周古象不遇留題[1]

事親未必可曾參，職分當爲每愧心。今口風來飄忽動，抱琴更入白雲深。

校記：

【1】此詩輯自商務印書館 1921 年版《元詩紀事》。

昂吉

　　昂吉（1317—1366），字啟文，一作起文，本唐兀氏，先世居西夏。昂吉時遷居吳中。漢姓高，名高起文。元至正七年（1347）舉鄉試，八年登張秦榜進士。授紹興錄事參軍，遷池州錄事。爲人廉謹，寡言笑，時往來玉山，唱和爲多。楊鐵崖《送啟文會試詩》，有云："西涼家事東甌學，公子才名久擅場。"其推獎可知也。

　　生平事蹟見（明）唐肅《丹崖集》（續修《四庫全書》本第1326冊）中《故福建等處行書中省官高君墓誌銘》一文，記載最爲詳備。另見（明）宋濂《元史》，（明）俞允文《崑山雜詠》卷二十一，（明）郁逢慶《書畫題跋記》卷八，［弘治］《溫州府志》卷十三《人物》，（清）顧嗣立《元詩選·三集》，柯劭忞《新元史》，謝光晃編著《中國少數民族歷史人物志》，王叔磐編《元代少數民族詩選》，莊星華選注《歷代少數民族詩詞曲選·上》，鮮於煌選注《中國歷代少數民族漢文詩選》，張學文主編《歷代送別詩選》，羅康泰著《甘肅人物辭典》，周紹祖主編《西域文化名人志》等。著有《啟文集》。

　　此次點校詩以清嘉慶三年席氏掃葉山房刻本《元詩選·癸

集》，清東武劉氏味經書屋抄本《書畫題跋記》，上海書店 1988 年
影印本《秘殿珠林石渠寶笈合編》，清經鉏堂鈔本《玉山倡和》，
文物出版社 2000 年影印本《木雁齋書畫鑒賞筆記》爲底本，以
（元）顧瑛《玉山名勝集》（文淵閣《四庫全書》十二卷本、明萬
曆刻四卷本及明朱存理校補二卷本），（元）顧瑛《草堂雅集》
（景元刊本十三卷本及民國年間陶湘校刊本十八卷本）爲校本，詩
共計十九首。

七言律詩

題丹山

昔人仙去大蘭山，臺殿空遺石壁間。崖瀑四時飛白雲，溪雲長
日護玄關。青糯露冷從猿采，仙未風生看虎還。昨夜洞前新雨過，
主人留客聽潺湲。

玉山草堂賦詩得高字

七月既望日，玉山主人與客晚酌與草堂中。肴果既陳，壺酒將
瀉，時暑漸退，月色出林樹間。主人乃以“高秋爽氣相鮮新”分
韻，余得高字。詩不成者三人，各罰酒二觥，詩成者并書於後。

窗外白雲翻素濤，座間翠袖妬紅桃。風生楊柳暑光薄，月上芙
蓉秋氣高。喜近山僧吟樹底，更隨仙子步林皋。主人才思如元白，

日日題詩染彩毫。

題玉山雅集圖

《玉山雅集圖》者，淮海張叔厚爲玉山主人作也。主人當花柳春明之時，宴客於玉山中，極其衣冠人物之盛，至今林泉有光。叔厚即一時景，繪而成圖。楊鐵史既序其事，又各分韻賦詩於左，俾當時預是會者既足以示不忘，而後之覽是圖與是詩者，又能使人心暢神馳，如在當時會中。展玩之餘，因賦詩以記其後云。

玉山草堂花滿煙，青春張樂宴羣賢。美人蹋舞豔於月，學士賦詩清比泉。人物已同禽鳥樂，衣冠并入畫圖傳。蘭亭勝事不可見，賴有此會如當年。

釣月軒以舊雨不來今雨來分韻得來字

經年不見顧徵士，長憶花前共舉杯。一路涼風吹酒醒，滿船秋雨載詩來一作材。樓頭楊柳參差見，池上芙蓉取次開。獨立水光山色裏，雙雙白鳥忽飛回一作來。

碧梧翠竹堂

愛爾小軒梧竹好，雨晴添得草堂幽。挂簾涼月作秋色，遠屋清陰如水流。莫剪高枝留宿鳳，好依勁節聽鳴璆。醉來幾度凭欄立，但覺蕭蕭爽氣浮。

湖光山色樓

危樓倚天何壯哉？軒窗八面玲瓏開。水搖萬丈白虹氣，山橫十二青瑤臺。林光朝開宿鳥散，帆影暮接歸雲回。坐久身如在泉石，神清骨爽無纖埃。

題姚廷美《有餘閑圖》[1]

投閑江上避危機，茅屋三間白板扉。闢徑柳陰將鶴舞，鑿池花外看魚飛。英雄蟻鬥時時夢，富貴蠅營事事非。睡起草堂新酒熟，醉吟明月上人衣。

校記：

【1】此詩輯自（清）張照等編《秘殿珠林石渠寶笈合編》二冊一〇一二頁。

七言絶句

柳塘春

春塘水生搖綠漪，塘上垂楊長短絲。美人蕩槳唱流水，飛花如雪啼黃鸝。

芝雲堂

漪綠園中石一拳，十[1]金移得置堂前。望中雲氣生芝草，春在仙人種玉田。

校記：

【1】十：文淵閣《四庫全書》本《玉山名勝集》卷上作"千"。

漁莊

待得桃開泛釣艖，春光三月到漁家。風迴池上凭欄立，一對鯉魚吹浪花。

題康里巙草書《柳子厚諭龍説》[1]

故人河海隔音聞，爲寫河東柳子文。寄與江南葉少府，臨風展玩憶青雲。

校記：

【1】此詩輯自（明）郁逢慶《書畫題跋記》卷八。

題趙孟頫《竹石幽蘭圖卷》[1]

幽蘭花發倚琅玕，上有湖州雨氣寒。寄語珊瑚休擊折，綠蔭深處有棲鸞。

校記：

【1】此詩輯自張珩《木雁齋書畫鑒賞筆記》繪畫四上。

五言排律

芝雲堂以藍田日煖玉生煙分韻得日字[1]

涼風起高林，秋思在幽室。維時宿雨收，候蟲語啾唧。池浮荷氣涼，鳥鳴樹陰密。主人列芳筵，況乃嚴酒律。客有二三子，題詩滿緗帙。雙雙紫雲娘，含笑倚瑤瑟。清唱迴[2]春風，靚妝[3]照秋日。人生再會難，此樂亦易失。出門未忍別，露坐待月出。

校記：

【1】明朱存理校補《玉山名勝集》卷上題作《芝雲堂分韻賦詩得日字》。

【2】迴：明朱存理校補《玉山名勝集》卷上作“回”。

【3】妝：明朱存理校補《玉山名勝集》卷上作“粧”。

聽雪齋分韻得度字[1]

把酒臨前軒，積雪滿行路。清唱迴春風，夜色在高樹。主人雅好客，殷勤道情愫。歡極座屢更[2]，杯深不知數。酒闌看雪[3]行，亭亭水中度。

校記：

【1】明朱存理校補《玉山名勝集》卷下題作《聽雪齋賦詩》。

【2】更：明萬曆刊本《玉山名勝集》作"移"。

【3】雪：明萬曆刊本《玉山名勝集》作"雲"。

雜言

樂府二章送吳景良

吳門柳，東風歲歲離人手。千人萬人於此別，長條短條那忍折。送君更折青柳枝，莫學柳花如雪飛。思君歸來與君期，但願柳色如君衣[1]。

採採葉上蓮，吳姬蕩槳雲滿船。紅妝[2]避人隔花笑，一生自倚如花妍。低頭更採葉上蓮，錦雲繞指香風傳。殷勤裁縫作蓮幕，爲君高掛黃堂邊，待君日日來周旋。

校記：

【1】但願柳色如君衣：文淵閣《四庫全書》本《玉山名勝集》卷十作"但願柳花如君衣"。

【2】妝：民國陶湘校刊本十八卷本《草堂雅集》卷十作"桩"。

姑蘇臺送友人之京師

送君姑蘇臺，臺前日落雲帆開。吳王宮殿已塵土，且復飲我黃金罍。吳王宴時花滿屋，半酣[1]西施倚闌[2]曲。越兵一夜渡江來，從此荒臺走麋鹿。與君弔古登高臺，青天萬里雲飛回。願君乘雲上天去，思君偏倚[3]臺前樹。

校記：

【1】酣：景元刊本十三卷本《草堂雅集》卷九後作“醉”。

【2】闌：民國陶湘校刊本十八卷本《草堂雅集》卷十作“蘭”。

【3】偏倚：景元刊本十三卷本《草堂雅集》卷九後作“倚偏”。

虎丘山送友人

別君虎丘山，歸雲如鴉[1]松樹間。山[2]公聚石坐說法，白虎臺前去復還。至今臺上金精伏[3]，清氣蕭蕭[4]滿林谷。城中之人豈解事，但見寒泉繞巖[5]木。君行慎勿停吳舠，修名要與山齊高。酒酣君去我亦別，後夜山頭望明月。

校記：

【1】鴉：民國陶湘校刊本十八卷本《草堂雅集》卷十作“鵶”。

【2】山：民國陶湘校刊本十八卷本《草堂雅集》卷十作“生”。

【3】至今臺上金精伏：景元刊本十三卷本《草堂雅集》卷九後作“至今高士金精伏”，鮑廷博校補本卷九後作“至今山上金精伏”。

【4】蕭蕭：民國陶湘校刊本十八卷本《草堂雅集》卷十作“蕭蕭”。

【5】巖：民國陶湘校刊本十八卷本《草堂雅集》卷十作

"岩"。

題江貫道萬木奇峰[1]

遠山如奔蛇，近山如伏牛。雲林漠漠煙水澹，扁舟一葉江南秋。老禪胸中有清氣，夢魂直落江頭樹。歸鴉如雲晚更好，竹陰繞屋生白波。我家正在雁山麓，日日吟詩傍林谷。十年作官未得歸，長憶春風滿城綠。

校記：

【1】此詩輯自清經鉏堂鈔本《玉山倡和》。

孟昉

　　孟昉，字天暐（一作天偉）。河西唐兀人，占籍大都（今北京），一説占籍太原（今屬山西）。（清）顧嗣立、席世臣編《元詩選·癸集》（癸之辛上）記載：“孟昉，字天暐。本西域人，寓北平。至正十二年，爲翰林待制，官至江南行台監察御史。”

　　生平事蹟在（元）陶宗儀《書史會要》卷七，（清）邵遠平《元史類編》三六《文翰傳》，（清）釋來復《澹遊記》，（清）顧嗣立、席世臣編《元詩選·癸集》（癸之辛上），陳垣《元西域人華化考》卷四，朱昌平、吳健偉主編《中國回族文學史》，周紹祖主編《西域文化名人志》，張永鍾《河西歷史人物詩話》，王文才編著《元曲紀事》，齊森華等主編《中國曲學大辭典》中均有著述。

　　孟昉著有《孟待制文集》，著錄於《千頃堂書目》卷二十九，由陳基、程文、傅若金等作序跋。陳序有“翰林待制孟君，砥礪成均，激昂俊造于斯時也……乃敭歷省台，左章右程”之語。可惜現已不傳。（元）陳基《夷白齋集》卷二二有序，稱爲西夏人，《傅與礪文集》卷四《孟天暐文稿序》，稱爲河東人，蓋唐兀氏也。（清）顧嗣立、席世臣編《元詩選·癸集》癸之辛上錄其詩《十二月樂詞并序》。虞集《道園遺稿》卷三有《次孟天暐典簿佐奉使行江西所賦》一首，顧瑛《玉山璞稿》有《乙未和孟天暐都司見寄》（十首）、《長歌寄孟天暐都事》等詩。

（元）余闕《青陽集》卷五曰："孟君天暐，善模仿先秦文章，多似之。"（元）蘇天爵《滋溪文稿》卷三曰："太原孟天暐，學博而識敏，氣清而文奇。觀所擬先秦、西漢諸篇，步趨之卓，言語之工，蓋欲傑出一世。"（元）宋褧《燕石集》卷十五曰："河東孟君天暐，明敏英妙，質美而行懿。嘗擬先秦、西漢諸作，摹仿工致，大夫士皆與之。"（元）張光弼《寄孟暐郎中》詩云："孟子論文自老成，早於國語亦留情。"張光弼集多載與孟天暐西湖往還之作。

此次點校詩以清嘉慶三年席氏掃葉山房刻本《元詩選·癸集》，清鈔本《幼學日誦五倫詩選》，明鈔本《蟬精雋》，清經鉏堂鈔本《玉山遺什》，清瞿氏錢琴銅劍樓鈔本《澹遊集》爲底本，以蟬隱盧影印本《歷代詩餘》爲校本，并參考中華書局 1964 年版《全元散曲》等，詩、曲共計十八首。

五言律詩

節婦吟 [1]

止水靜不波，破鏡昏不磨。妾心一寸灰，六月冰峨峨。篝燈夜不哭，買書教兒讀。了卻未亡身，終依泉下人。

校記：

【1】此詩輯自明代沈易《幼學日誦五倫詩選》卷三。

七言律詩

奉題見心禪師天香室[1]

旃檀佛國自清涼，不比人間熱惱鄉。笑我一生迷幻跡，借他四大作禪床。梵幢雲擁金花落，祇樹風生貝葉香。遙想夜窗秋氣集，團蒲宴坐世都忘。

校記：

【1】此詩輯自元代釋來復《澹遊集》。

奉題見心禪師蒲庵[1]

青青蒲葉澗之濱，織屨長年未覺貧。甘旨能供白頭母，風流不羨黑衣臣。穿林慈竹圍清畫，照座諼花媚晚春。莫笑庵居如斗許，中含法界大無鄰。

校記：

【1】此詩輯自元代釋來復《澹遊集》。

西湖梅約[1]

種種風光逐眼新，開瓶取酒未全貧。玉山老子無些礙，金粟如來有後身。世故變更愁裏過，梅華消息夢中頻。清游偶向西湖飲，不是尋常擊磐人。

校記：

【1】此詩輯自清經鉬堂鈔本《玉山遺什》。

七言絕句

瞿塘竹枝詞[1]

歸州女兒采桑歸，荷葉遮頭雨濕衣。不怕灘頭石路滑，竹籃在背走如飛。

校記：

【1】此詩輯自明代徐伯齡《蟫精雋》卷十一。

曲：

十二月樂詞并序

凡文章之有韻者，皆可歌也。第時有升降，言有雅俗，調有古今，聲有清濁。原其所自，無非發人心之和，非六德之外，別有一律吕也。漢魏晉宋之有樂府，人多不能曉。唐始有詞，而宋因之，其知之者亦罕見其人焉。今之歌曲，比於古詞，有名同而言簡者，時復亦有與古相同者，此皆世變之所致，非固求異，乖諸古而强合於今也。使今之曲歌於古，猶古之曲也，古之詞歌於今，猶今之詞也。其所以和人之心養情性者，奚古今之異哉！先哲有言，今之樂猶古之樂，不其善歟。嘗讀李長吉十二月樂詞，其意新而不蹈襲，句麗而不慆淫，長短不一，音節亦異，旁搆冥思，朝涵夕泳，諧五聲以攤其腔，和八音以符其調，尋繹日久，竟無所得，遂輟其學以待知音者出，而余承其教焉。因增損其語，而隱括爲《天净沙》，如其首數，不惟於尊席之間，便於宛轉之喉，且以發長吉之蘊藉，使不掩其聲者，慎勿曰侮賢者之言云。

上樓迎得春歸，暗黃著柳依依。弄野輕寒似水，錦牀鴛被，夢回初日遲遲。（正月）

勞勞胡燕[1]酣春，逗煙薇帳生塵。蛾髻佳人瘦損，暖雲如困，不堪起舞緗裙。（二月）

夾城曲水飄香，埽[2]蛾雲髻新粧。落盡梨花欲賞，不勝惆悵，東風縈損柔腸。（三月）

依微香雨青氛，金塘閑水生蘋。數點殘芳墮粉，綠莎輕襯，月明空照黃昏。（四月）

沿葦[3]水汲清尊，含風輕縠[4]虛門。舞困腮融汗粉，翠羅香潤，鴛鴦扇織回文。（五月）

疎疎拂柳生裁，炎炎紅鏡初開。暑困天低寡色，火輪飛蓋，暉暉日上蓬萊。（六月）

星依雲渚濺濺，露零玉液涓涓。寶砌衰蘭剪剪，碧天如練，光搖北斗闌干。（七月）

吳姬鬢擁雙鴉，玉人夢裏歸家。風弄虛簷鐵馬，天高露下，月

明丹桂生華。（八月）

　　雞鳴曉色瓏瑽，鴉啼金井梧桐。月墜莖寒露涌，廣寒霜重，方池冷悴芙蓉。（九月）

　　玉壺銀箭難傾，缸花凝笑幽明。霜碎[5]虛庭月冷，繡幃人靜，夜長鴛夢難成。（十月）

　　高城回冷嚴光，白天碎墮瓊芳。高飲摵鐘日賞，流蘇金帳[6]，瑣窗睡殺鴛鴦。（十一月）

　　日光灑灑生紅，瓊葩碎碎迷空。寒夜漫漫漏永，串銷金鳳，獸爐香靄春融。（十二月）

　　七十二候環催，葭灰玉琯重飛。莫道光陰似水，羲和遷巒[7]，金鞭懶著龍媒。（閏月）

　　校記：

　　【1】胡燕：蟫隱盧影印本《歷代詩餘》作“紫燕”。

　　【2】埽：中華書局 1964 年版《全元散曲》作“掃”。

　　【3】沿華：蟫隱盧影印本《歷代詩餘》作“鉛華”。

　　【4】輕穀：蟫隱盧影印本《歷代詩餘》作“細穀”。

　　【5】霜碎：蟫隱盧影印本《歷代詩餘》作“霜翠”。

　　【6】金帳：蟫隱盧影印本《歷代詩餘》作“錦帳”。

　　【7】遷巒：蟫隱盧影印本《歷代詩餘》作“迁巒”。

　　按：《元詩選·癸集》將其輯錄為十三首詩，中華書局 1964 年版《全元散曲》輯錄為十三首小令。暫從《元詩選·癸集》。

賀庸

　　賀庸，號野堂，元末明初武威（今甘肅武威）人。曾拜著名文人余闕爲師，授經于門下。元朝滅亡后，僑寓興化（今福建莆田市），以教授爲業。著有《野堂集》。

　　生平事蹟見于（清）顧嗣立、席世臣編《元詩選·癸集》，周紹祖主編《西域文化名人志》。《元詩選·癸集》存其《至正二十三年秋九月同孟知州登玉龍山》。

　　此次點校以清嘉慶三年席氏掃葉山房刻本《元詩選·癸集》爲底本，詩共一首。

五言排律

至正二十三年秋九月同孟知州登玉龍山

東洲玉龍山，嵯峨倚雲嶠。黃花傲西風，紅葉映殘照。屬兹公暇日，登高寄遐眺。萬象入品題，衆實恣懽笑。時艱念疲民，材拙愧高調。悠然醉忘歸，隔林響清嘯。

王翰（那木罕）

　　王翰（1333—1378），字用文，本名那木罕，號友石山人，河西唐兀氏。《元詩紀事》載："翰，字用文，靈武人。先世本齊人，歿於西夏，元初賜姓唐兀氏，居廬州，官至潮州路總管。有《友石山人遺稿》。"據吳海《友石山人墓誌銘》記載："歲著雍敦二月乙丑友石山人王君用文卒……年四十有六。"

　　生平事蹟見（元）吳海《聞過齋集》，（清）顧嗣立、席世臣編《元詩選·初集》，陳衍輯撰《元詩紀事》卷二十六。

　　其子輯其遺詩八十八首，編爲《友石山人遺稿》一卷，今存《文淵閣四庫全書》本，卷首有洪武二十三年陳仲述序，卷末有附錄七篇（編爲一卷），都是友人吳海所作的關於王翰的志銘、序、記等文字。吳海《聞過齋集》卷一有爲王翰所寫的《送王潮州序》與《王氏家譜序》，其詩集版本常見有明弘治八年（1495）袁文紀刊本、《文淵閣四庫全書》本。（清）顧嗣立、席世臣編《元詩選·初集》（下）收錄《友石山人遺稿》，其中有詩二十五首。陳衍輯撰《元詩紀事》收錄其詩一首《賦詩見志》，詩云"昔在潮陽我欲死，宗嗣如絲我無子。彼時我死作忠臣，覆祀絕宗良可恥。今年辟書親到門，丁男屋下三人存。寸刃在手顧不惜，一死卻了君親恩"。

（清）顧嗣立評王翰："用文，將家子，有古烈士風。晚年隱忍林壑，尤以詩自娛。廬陵陳仲述謂，（其詩）皆心聲之應，而非苟然炫葩組華者。"

此次點校以嘉業堂所存《友石山人遺稿》、明弘治八年袁文紀刊本《友石山人遺稿》一卷、明天順五年刻本《大明一統志》卷八十《潮州志》、明代吳仕訓《潮陽八景錄》爲底本，以文淵閣《四庫全書》本《友石山人遺稿》、丁丙舊藏明洪武後刻本《友石山人遺稿》以及清康熙三十三至五十九年顧氏秀野草堂刻本《元詩選》爲校本，詩共計九十七首。

七言古詩

挽柏僉院[1]

柏君挺挺英雄姿，出佐薇省丁時危。愁聞兩[2]淛已瓦解，江南民命猶懸絲。樓船一旦下江水，殺氣兵氛壓城壘。大臣夙駕思棄城，戰士魂銷將心死。臣雖力困肝膽存，臣當殺身思報恩。誓將一木支頹厦，肯豎降幟登轅門。人生恩愛豈不顧，詎忍貪生負天子。半空烟漲樓宇紅，盡室魂飛劍光紫。嗚呼氣分光嶽臣，道衰賣降授節紛。陸離巍巍廊廟已，如此扶持世教非。

校記：

【1】挽柏僉院：文淵閣《四庫全書》本《友石山人遺稿》題

作"輓柏僉院"、明弘治八年刊本《友石山人遺稿》題作"挽君壽柏僉院"。

【2】两：文淵閣《四庫全書》本《友石山人遺稿》作"西"。

七言律詩

挽送漳州[1]

黑雲壓城天柱折，長烽夜照孤臣節。劍血飛丹氣奪虹，銀章觸手紛如雪。丈夫顧義不顧死，泰華可摧川可竭。蕉黄荔丹酒滿壺，千載漳人酹鳴咽。

校記：

【1】挽送漳州：文淵閣《四庫全書》本《友石山人遺稿》題作"輓送漳州"。

自決

昔在潮陽我欲死，宗嗣如絲我無子。彼時我死作忠臣，義[1]祀絕宗良可恥。今年辟書親到門，丁男屋下三人存。寸刃在手顧不惜，一死卻了君親恩。

校記：

【1】義：文淵閣《四庫全書》本《友石山人遺稿》作"覆"。

聞大軍渡淮

挾策南遊已十年，夢魂幾度拜幽燕。王師近報清淮甸，羽檄當今到海壖。妖氣蒼茫空獨恨，生民憔悴竟誰憐。廟堂早定匡時策，我亦歸耕栗里田。

夜雨

官舍人稀夜雨初，疏[1]燈相對竟何如。乾坤迢遞干戈滿，烟[2]火蕭條里社虛。報國每慚孫武策，匡時空草賈生書。手持漢節歸何日，北望神京萬里餘。

校記：

【1】疏：文淵閣《四庫全書》本《友石山人遺稿》作"踈"。

【2】烟：《元詩選》作"煙"。

懷秋穀肅上人

我把一麾江海去，上人隻履竟西歸。三生寂寞烟霞淡，雙樹飄零故舊[1]稀。季札有懷空挂劍，大顛無處更留衣。纍纍荒塚悲風裏，淚洒空山送夕暉。

校記：

【1】舊：文淵閣《四庫全書》本《友石山人遺稿》作"蒨"。

過化劍津有感

寶劍沉[1]沙世已傾，千年波浪未能平。空餘故壘鄰滄島，那復雄兵出郡城。淮上何人祠許遠，海中無容葬田橫。夜深有氣干牛斗，洒淚空舍萬古情。

校記：

【1】沉：文淵閣《四庫全書》本《友石山人遺稿》、《元詩選》作"沈"。

山居喜劉子中見過

幾年江海厭風波，千里雲林竟若何。爲喜故人深赴約，不辭此日遠相過。鳥啼芳徑春應盡，花落名園草漸多。世事紛紛那可門，與君對酒且高歌。

次子中韻

遙憶韓山登覽處，故人離別動經年。南遊似入三湘道，北上空瞻[1]萬里天。花徑春風聯訣出，郡城夜雨促燈眠。夜來獨上高樓望，劍氣蒼蒼北斗邊。

校記：

【1】瞻：文淵閣《四庫全書》本《友石山人遺稿》作"聸"。

會故人程民同

憶昔交游多感慨，別來世事幾浮沈。王弘不識淵明趣，鮑叔能知管仲心。江海有懷悲故國，風塵無處問歸音。相看日暮東流水，白髮羞爲梁父吟。

寄別劉子中

問君西去與誰親，吳楚山川滿目新。賈傅有才終大用，杜陵無計豈長貧。鳳凰臺古思明月，采石江空夢白蘋。幾欲西風斟別酒，不堪零露滿衣巾。

遊雁湖[1]

雁去湖空野水深，秋風吹客上遙岑。丹楓盡逐孤臣淚，黃菊空憐處士心。雨後諸峰浮夕靄，霜前一葉送寒陰。停車欲問當年事，尺素何由到上林。

江海風波浩不收，却來此地駐清游[2]。上方樓閣通三島，別墅烟[3]霞卜一丘。書斷雁歸沙塞遠，丹成龍去鼎湖秋。悠悠此意憑誰問，陳跡空餘萬古愁。

校記：

【1】《元詩選》題作"遊雁湖二首"。

【2】游：《元詩選》作"遊"。

【3】烟：《元詩選》作"煙"。

寄陳仲實

一徑荒蕪幾負秋，異鄉書劍尚淹留。陶潛解印投[1]閒去，阮籍眈[2]杯盡醉休。崴月東來空冉冉，江山北望自悠悠。劍[3]歌無那相思處，滿目風塵倦倚樓。

校記：

【1】投：文淵閣《四庫全書》本《友石山人遺稿》作"授"。

【2】眈：文淵閣《四庫全書》本《友石山人遺稿》作"耽"。

【3】劍：文淵閣《四庫全書》本《友石山人遺稿》作"短"。

和馬子英見寄韻

十年流落向炎州，判與劉伶作醉游[1]。望國孤忠徒自憤，持身直道更何求。浮雲往事驚春夢，落日窮途起暮愁。賴有故人相憶在，徧題尺牘海西頭。

校記：

【1】游：《元詩選》作"遊"。

和魯客見寄韻

故人相約碧溪行，風雨何期別恨生。遠樹白波孤棹沒[1]，空林黃葉宿寒輕。謝公獨得東山趣，鄭子應慚谷口耕。安得手杯同潦倒，遠尋瑤草到蓬瀛。

校記：

【1】沒：文淵閣《四庫全書》本《友石山人遺稿》作"浸"。

春日雨中即事

京洛繁華事已遠，懷人竟日掩空扉。望迷楚岫聞啼鴂，思入秦川[1]怨落暉。野館蕭條芳草合，寒江寂莫暮雲飛。落花片片隨流水，惆悵關河淚滿衣。

校記：

【1】川：文淵閣《四庫全書》本《友石山人遺稿》作"州"。

立春日有感

故國棲遲去路難，園林此日又冬殘。天涯往事書難寄，客裏新愁淚未乾。臘雪漸隨芳草變，東風猶笑布袍單。堤邊楊柳開青眼，肯傍梅花共歲寒。

春日遜初居貞見訪

東風吹雪正紛紛，江上離居欲斷魂。白髮故人綠草徑，錦袍公子歗蓬門。淒涼久負東山屐，牢落須傾北海尊[1]。相對不堪悲往事，渡頭燈火送黃昏。

校記：

【1】尊：文淵閣《四庫全書》本《友石山人遺稿》作"樽"。

秋暮會古心上人

遠公與我雲閑[1]別，幾度西風海上秋。白髮時來還自笑，青山歸去與誰遊[2]。薜蘿久負孤燈夢，猿鶴應同兩地愁。相對空林今夜月，清光遲爾少淹留。

校記：

【1】閑：文淵閣《四庫全書》本《友石山人遺稿》作"間"。

【2】遊：文淵閣《四庫全書》本《友石山人遺稿》作"游"。

挽[1]子中劉別駕

劉君自是南州彥，嗜酒吟詩與獨狂。不以長鯨浮采石，却緣孤雁沒蠻鄉。經綸事業誰堪擬，金石交情我最傷。料爾賢郎多少恨，獨收遺骨返衡湘。

校記：

【1】挽：文淵閣《四庫全書》本《友石山人遺稿》作"輓"。

七言絶句

送顏子中使廣州

使君捧檄度南關，遠布天威廣海閑[1]。爲問故人孫内史，翩翩劍佩[2]幾時還。

校記：

【1】閑：文淵閣《四庫全書》本《友石山人遺稿》作"間"。

【2】佩：文淵閣《四庫全書》本《友石山人遺稿》作"珮"。

題畫葵花

上苑餘春輦路荒，芳菲落盡更堪傷。憐渠自是無情物，猶解傾心向太陽。

寄蔡司令

十年海上舊[1]郎官，白髮相期歲欲闌。處處風塵猶在目，歸來何日共綸竿。

別後升沉[2]事幾多，故人心事竟如何。落花啼鳥春無賴，莫遣風光笑薜蘿。

校記：

【1】舊：文淵閣《四庫全書》本《友石山人遺稿》作"蕡"。

【2】沉：文淵閣《四庫全書》本《友石山人遺稿》作"沈"。

新春寄魯客

雪後梅花幾樹開，故人忘却剡溪來。東風獨倚孤舟興，芳草青青送酒杯。

題邊道士小景二首

碧松陰底大江邊，兩岸猿聲更悄然。落日亂雲迷遠近，無心重理釣魚船。

前山漠漠水迢迢，却倚朱絃思寂寥。鳳鳥不來春已暮，望將一曲寄虞韶。

題敗荷

曾向西湖載酒歸，香風十里弄晴暉。芳菲今日凋零盡，却送秋聲到客衣。

和吳升甫見寄韻二首

楚澤蒼茫帶夕暉，暫投[1]簪佩[2]上苔磯。孤雲不解離情苦，猶自紛紛上客衣。

短籬黃菊正蒼蒼，客路西風兩鬢霜。誰信義熙年後筆，獨能千古弔餘芳。

校記：

【1】投：文淵閣《四庫全書》本《友石山人遺稿》作“授”。

【2】佩：文淵閣《四庫全書》本《友石山人遺稿》作“珮”。

送陳仲實還潮陽

十年海上賦離歌，今日臨岐奈別何。歸去故人如有問，春山從此蕨薇多。

題雲松野岸

遠山積翠白雲多，揚子幽居隱薜蘿。一徑松陰春寂寂，朝來載酒幾人過。

九日寄魯客

黃花錦樹碧江濆，笑把萸杯獨憶君。日莫[1]西風還落帽，風流那似孟參軍。

校記：

【1】莫：文淵閣《四庫全書》本《友石山人遺稿》作"暮"。

寄方中上人

竹徑柴扉客過稀，落紅滿地綠依依。懷人獨立滄江上，幾度扁舟興盡歸。

次居貞見寄韻

君去溪山趣亦稀，晚來空翠正霏霏。多情只有梅花樹，滿路清香送客衣[1]。

校記：

【1】衣：文淵閣《四庫全書》本《友石山人遺稿》作"歸"。

題畫山水

野菊蕭蕭一徑深，茅齊低結小山陰。楓林又逐秋風老，惟有孤雲似客心。

五言古詩

送別劉子中二首[1]

　　幽蘭抱貞姿，結根巖石中。猗猗汎叢碧，及此春露濃。君子每見取，衆艸[2]羞與同。當爲王者香，揚芳待清風。撫琴起長歎[3]，曲盡情未終。

　　執手寒江濱，慷慨難爲別。豈無楊柳枝，零亂不堪折。鴻雁西北來，嗷嗷唳晴雪。陽和忽已暮，旅況轉淒切。誰憐蘇子卿，天涯持漢節。

　　校記：

【1】《元詩選》只收錄後一首。

【2】艸：文淵閣《四庫全書》本《友石山人遺稿》作“草”。

【3】歎：文淵閣《四庫全書》本《友石山人遺稿》作“嘆”。

題溪山春曉圖

　　好山凌遠空，初日散晴旭。繁花點殷紅，柔條媚新緑。遊[1]魚戀芳藻，鳴鳥出深谷。物性[2]適初性，一覽咸所觸。寄謝桃源人，從兹仰芳躅。

　　校記：

【1】遊：文淵閣《四庫全書》本《友石山人遺稿》作“游”。

【2】性：文淵閣《四庫全書》本《友石山人遺稿》作"情"。

雪林爲柏上人賦

朔風生沍寒，瓊瑤遍[1]山川。日夕天雨花，蒼然祇樹園。大千開淨域，一髮無垢氛。熱惱頓銷[2]息，超然謝塵喧。靈臺澹明徹，庶極真空源。

校記：

【1】遍：文淵閣《四庫全書》本《友石山人遺稿》作"徧"。

【2】銷：文淵閣《四庫全書》本《友石山人遺稿》作"消"。

題南塘喬木圖

南塘有喬木，偃蹇盤空陰。始驚鸞鶴羣，再聽蛟龍吟。歲暮霜雪繁，感觸一何深。明堂不見取，老大多苦心。春風田里問[1]，榆柳空成林。按圖爲君歌，聊爾寫徽[2]音。

校記：

【1】問：文淵閣《四庫全書》本《友石山人遺稿》作"間"。

【2】徽：文淵閣《四庫全書》本《友石山人遺稿》作"薇"。

題潮州郡學鳶飛魚躍亭

（在郡學東）

虛亭倚危磯，蒼莽澹無跡[1]。幽人時往來，濯足坐苔石。芰荷露涓涓，蒲葦風淅淅。物性機盡忘，上下皆自適。遙峰敞空翠，落日洞深碧。悠然一舒嘯，造化亘今昔。聖門竟淵邃，世路何逼仄。遐哉古人心，日暮坐相憶。

校記：

【1】跡：文淵閣《四庫全書》本《友石山人遺稿》作"迹"。

途中

萬物皆有托[1]，我生獨無家。蔓艸[2]野多露，眇眇天之涯。親戚不在旁，更與奴僕賒。落日下長坂，悲風捲驚沙。林依避猛虎，郊行畏長蛇。封狐逐野鼠，跳踉當吾車。村墟四五聚，索莫集昏[3]鴉。方投異鄉跡，又悲遠城笳。撫劍向夜起，中心鬱如麻。微軀焉足惜，天道良可嗟。雲漢念乘[4]阻，道路日已遐。去去復何極，爲君惜年華。

校記：

【1】托：文淵閣《四庫全書》本《友石山人遺稿》作"託"。

【2】艸：文淵閣《四庫全書》本《友石山人遺稿》、《元詩選》作"草"。

【3】昏：文淵閣《四庫全書》本《友石山人遺稿》、《元詩選》作"昏"。

【4】乘：文淵閣《四庫全書》本《友石山人遺稿》、《元詩選》作"乖"。

送鎖子堅北上

亂象既無已，中心恒不夷。翩翩南林鳥，厲翮無所依。念子將焉如，慷慨與我辭。西北有名將，世秉仁義麾。壯哉國士心，嘉會良在茲。江漢有舟楫，梁楚多旌旗。時焉不我與，言念渴與饑。

明良際昌運，久稱平生懷。

友漁樵者詩爲林伯景賦

至道久湮蕪，浮生自勞苦。鷗鶸甘鼠帶，鸞鳳畏羅罟。伊人秉幽志，夙昔陋珪組。顧此山水間，悠然共容與。短笛入空林，方舟向深渚。白雲時滿襟，清漪或盈屨。長笑[1]涼風生，徘徊新月吐。行歌即宇宙，醉卧無今古。何由升杳冥，聊復謝巘阻。

校記：

【1】笑：文淵閣《四庫全書》本《友石山人遺稿》作"嘯"。

題醉道士圖

楚澤多荊榛，崑崙植瑤艸[1]。化工運神機，何物爲醜好。形骸俱已忘，希夷即爲寶。飄然來丹丘，相逢過蓬島。簪裳一邂逅，壺觴恣傾倒。飲爾此日醇，浣予百年抱。同醉無所知，後此天地老。

校記：

【1】艸：文淵閣《四庫全書》本《友石山人遺稿》作"草"。

題菊

我憶故園時，繞籬種佳菊。交葉長青葱，餘英吐芳馥。別來二十載，粲粲抱幽獨。豈無桃李顏，歲晚同草木。及茲覿餘芳，使我淚盈掬。離披已欲摧，瀟洒猶在目。雨露豈所偏，歲月不可復。歸去來南山，滄[1]英坐空谷。

校記：

【1】湌：文淵閣《四庫全書》本《友石山人遺稿》作"餐"。

和鄉友程民同會龍山留別韻

相思樂未終，憂心亦何苦。翩躚鸞鶴羣，牢落麋鹿伍。緬懷駕
輅車，伊昔事戎府。王事多險艱，跋涉幾風雨。看劍思躍龍，登
埤氣摧虎。奈何向中道，山川竟修阻。及兹展良覿，澄秋碧江滸。
雲山寄徜徉，煙蘿暫容與。相投[1]既不厭，感慨獨懷古。長鳳起
疏[2]林，寒色落芳渚。廣筵促鳴鵾，泠然奏飛雨。雲霄浩無涯，
去去但凝佇。

校記：

【1】投：文淵閣《四庫全書》本《友石山人遺稿》作"授"。

【2】疏：文淵閣《四庫全書》本《友石山人遺稿》作"踈"。

龍山月夜飲酒分韻得樹字

薄暮清與嘉，涼風集高樹。須臾明月生，清光在尊[1]俎。池
空河影涼，石冷苔色古。列坐當前墀，杯行不煩舉。野庖具山蔬，
稚子趁雞黍。晴峰餘靄收，密竹殘露湑。驚鵲翻夜巢，流螢墮前
戶。良時念睽離，觸物感所寓。坐待河影流，疏[2]鐘遠林曙。

校記：

【1】尊：文淵閣《四庫全書》本《友石山人遺稿》作"樽"。

【2】疏：文淵閣《四庫全書》本《友石山人遺稿》作"踈"。

秋懷

懸門扶桑弧，丈夫四方績。奈何中險艱，零落苦相失。涼風天際來，庭草淒以碧。嗷嗷雙飛鴻，宵征度寥闃。物性既如此，予茲念何適。寒聲在衣巾，心煩百憂集。美人隔天涯，佳期阻良夕。鼎湖詎可招，巫咸已難即。孤憤不自聊，長歌振巖石。

重陽後寄林君佐

秋度重陽盡，寒隨夜雨來。菊荒陶令宅，雲暗越王臺。戰伐行人苦，誅求寡婦哀。濟時無上策，尸位愧庸才。北去瞻天遠，南遊[1]指日迴。客愁長自寫，鄉思不堪裁。海上雲千疊，生前酒一杯。相思存潦倒，遠別漫徘徊。仁看凌霄翮，春風到上台。

校記：

【1】遊：文淵閣《四庫全書》本《友石山人遺稿》作"游"。

挽邊懶懶道人[1]

四明邊道士，狂似賀知章。結客游千里，看花醉百場。越談多慷慨，楚舞獨徜徉。翰墨南宮趣，襟期北海鄉。看雲時并屐，貰酒每探囊。蕙[2]佩青山影，芹羹碧澗香。交情期管鮑，人事等參商。入望迷雲樹，相思見月梁。三生空指日，兩鬢各成霜。百粵清游地，懷君一斷腸。

校記：

【1】挽邊懶懶道人：文淵閣《四庫全書》本《友石山人遺

稿》作"輓邊孎孎道人"。

【2】蕙：文淵閣《四庫全書》本《友石山人遺稿》作"蒽"。

挽[1]胡尊道溫

我憶酒中仙，吟詩動百篇。才[2]多天不惜，名在世空傳。已闕招陶社，空迴訪戴船。疏[3]狂誰得似，索漠[4]竟堪憐。蹤跡江湖滿，交游歲序遷。辭家頻萬里，作客向經年。病臥滄江上，魂飛瘴海邊。悲歌臨舊[5]業，衰影隔重泉。有母存鄉曲，無兒掃[6]墓田。平生與我厚，遠沒賴誰全。舊[7]事驚殘夢，新阡已斷烟。逝川何日返，那得不潸然。

校記：

【1】挽：文淵閣《四庫全書》本《友石山人遺稿》作"輓"。

【2】才：文淵閣《四庫全書》本《友石山人遺稿》作"杯"。

【3】疏：文淵閣《四庫全書》本《友石山人遺稿》作"踈"。

【4】漠：文淵閣《四庫全書》本《友石山人遺稿》作"莫"。

【5】舊：文淵閣《四庫全書》本《友石山人遺稿》作"蒨"。

【6】掃：文淵閣《四庫全書》本《友石山人遺稿》作"埽"。

【7】舊：文淵閣《四庫全書》本《友石山人遺稿》作"蒨"。

五言律詩

與和仲古心飲酒分韻得詩字

淵明歸去時，不作兒女悲。視世如浮雲，出處得所宜。有酒但歡飲，戚戚欲奚爲。斯人不可見，載歌停雲詩。

題株石圖

烈風號中林，極目盡荊棘。離離寒月秋，莽莽古原夕。冥鴻振高翮，鸒鶃翳深跡。奈此貞固姿，蒼茫更秋色。

寫望雲圖寄溫陵劉子中

開窗見停雲，美人別經載。寫茲一時意，聊寄千里珮。曖曖春復深，悠悠歲云邁。遲爾浩蕩心，空山日相待。

月夜坐悠然軒有懷

明月照我懷，開窗共幽賞。泠泠萬籟秋，靜夜發清響。山川日修阻，之子獨云往。長歌耿不寐，相思逖逷想。

送陳同僉

馬首出城東，將軍膽氣雄。旌旗明苦日，笳吹[1]動悲風。早雪三邊恨，寧誇百戰功。相期春草色，處處凱歌同。

校記：

【1】吹：洪武後刻本《友石山人遺稿》作“鼓”。

送張子方之江西掾史

自脫京華服，知君歎[1]索居。海隅清宦在，天上故人疏[2]。掛壁空長劍，探囊得素書。更陪驄馬去，西望復何如。

校記：

【1】歎：文淵閣《四庫全書》本《友石山人遺稿》作“嘆”。

【2】疏：文淵閣《四庫全書》本《友石山人遺稿》作“踈”。

和德安允恭韻

亂離傷別久，愁病入新年。行斾驚戎幕，殘經罷講筵。山河空有恨，桃李漫爭妍。馬首春風裏，期君早著鞭。

重到龍泉寺有懷秋穀上人

舊日經行處，重來倍寂寥。諸天燈冉冉，一徑雨瀟瀟[1]。壁蘚經春合，臺花逐夜飄。不知飛錫處，惆悵采蘭苕。

校記：

【1】瀟瀟：文淵閣《四庫全書》本《友石山人遺稿》作"蕭蕭"。

春暮山居[1]

水氣掩柴扉，蘿香識翠微。澗回雲去盡[2]，地僻客來稀。野鳥傷春去，楊花作雪飛。祇因飄泊久，對此也沾[3]衣。

校記：

【1】春暮山居：丁丙舊藏洪武後刻本、文淵閣《四庫全書》本《友石山人遺稿》均題作《山居春暮偶成》。

【2】澗回雲去盡：丁丙舊藏洪武後刻本、文淵閣《四庫全書》本《友石山人遺稿》均作"洞廻雲到少"。

【3】沾：文淵閣《四庫全書》本《友石山人遺稿》作"霑"。

留別古心淳上人

白社交游少，唯公即舊[1]知。機閑同嗜酒，趣合共躭[2]詩。淪落三生話，蒼茫百歲期。空持匣中劍，日暮竟何之。

校記：

【1】舊：文淵閣《四庫全書》本《友石山人遺稿》作"薵"。

【2】躭：文淵閣《四庫全書》本《友石山人遺稿》作"耽"。

遊枕煙寺

石磴招提古，松蘿暝不分。排雲雙樹轉，隔水一鐘聞。林影疑殘雨，山光倚夕曛。醉來歸路遠，秋思正紛紛。

故人遂初過山居

秋氣誰相問，荒居懶閉門。劍歌雙鬢換，國步寸心存。漫寫當年事，偏驚此日魂。風流非舊[1]日，有虬[2]對誰捫。

校記：

【1】舊：文淵閣《四庫全書》本《友石山人遺稿》作“蒨”。

【2】虬：《元詩選》作“蝨”。

題畫寄會稽胡溫

秋聲無遠近，隱處入雙松。落景明寒渚，虛烟暝遠峰。孤舟清夜遂[1]，何處暮天鐘。不識山陰路，蒼茫翠幾重。

校記：

【1】遂：文淵閣《四庫全書》本《友石山人遺稿》作“笛”。

夜宿洪塘舟中次劉子中韻

勝地標孤塔，遙津集百船。岸迴孤嶼火，風度隔村烟。樹色迷芳渚，漁歌起暮天。客愁無處寫，相對未成眠。

山房秋夜寄魯客

寂寞山居悄，相思望轉迷。江空寒雁落，樹盡暮雲低。生事悲秋草，交情憶剡溪。西齊愁不寐，風雨共淒淒。

江上醉歸

江邊日日醉，應被野鷗猜。潦倒依芳草，猖狂藉綠苔。杜陵非嗜酒，彭澤豈躭[1]杯。近是飄零客，愁懷强自開。

校記：

【1】躭：文淵閣《四庫全書》本《友石山人遺稿》作"耽"。

閒性空居士病癒

問訊維摩室，秋深病稍除。翻經仍傍暖，補衲乍臨虛。寂莫思聞梵[1]，睽離歎[2]索居。西來同逝水，不肯寄雙魚。

校記：

【1】梵：文淵閣《四庫全書》本《友石山人遺稿》作"楚"。

【2】歎：文淵閣《四庫全書》本《友石山人遺稿》作"嘆"。

題畫小景

萬籟秋聲近，雙峰宿靄收。江涵林影碎，野接曙光浮。蘿薜通書幌，鶯花避釣舟。由來揚子宅，寂寞閉丹丘。

到家

冒雨離家去，今朝江上回。妻兒憐我醉，懷抱爲誰開。山谷多豺虎，田園半草萊。生涯無可問，不惜坐蒼苔。

龍湖夜泊

小舟眠不得，起坐待潮生。露淺壺觴盡，江澄巾履清。沿沙餘鳥跡，隔水遞鐘聲。悄似金山夜，相看月正明。

春日客至

日暮滄江上，收綸坐石磯。爲憐霄漢客，暫解薛蘿衣。雨過苔初合，雲深蕨正肥。相看俱白首，誰道故人稀。

春暮約魯客遊雁湖

桂樹淮南隱，緘書喜見招。幾年悲落魄，今日任逍遙。擢秀名空在，搴芳趣轉饒。也知簪組累，不似學漁樵。

挽[1]古心淳上人

飲盡杯中物，西遊竟不歸。孤墳誰掛劍，老淚獨沾衣。夜月疑禪幻，春雲想錫飛。東林詩社在，寂寞似君稀。

校記：

【1】挽：文淵閣《四庫全書》本《友石山人遺稿》作"輓"。

遊[1]鼓山靈源洞時澄明景霽入望千里徘徊自旦至夕值月上聞梵聲泠然有出塵之想

旭日照高岑，天風振遠林。不因滄海色，那識白雲心。寶樹空香滿，珠林積翠深。坐來明月上，何處起潮音。

校記：

【1】遊：文淵閣《四庫全書》本《友石山人遺稿》作"游"。

晚眺次林公偉韻

偶信東山屐，尋幽到翠微。白雲空野樹，紅葉戀斜暉。岸落潮初滿，天寒雁未歸。風塵江海遍[1]，不上野人衣。

校記：

【1】遍：文淵閣《四庫全書》本《友石山人遺稿》、《元詩選》作"徧"。

送心泉疑上人遊方

不住孤雲跡，茫茫萬里程。澄心窺妙道，棲幻抱幽情。錫度秋應盡，經餘月正明。諸天參禮遍，石上問三生。

秋懷次韻

解印歸來晚，茅齊病未除。窮愁隣[1]桂樹，歸興托鱸魚。久歷羊腸險，難通雁足書。秋風正蕭索，不似故園居。

校記：

【1】隣：文淵閣《四庫全書》本《友石山人遺稿》作"鄰"。

題怪石圖贈靈異上人

靈山一片石，蒼莽起秋聲。願以中流險，能同砥柱平。色憐蒼蘚合，根帶白雲生。終日頭空點，誰能辨爾憐[1]。

校記：

【1】憐：文淵閣《四庫全書》本《友石山人遺稿》作"情"。

懷雲臥軒上人

江上一爲別，令人長憶君。碧虛燈影送，清籟梵聲聞。月落林扉静，潮迴島嶼分。何時高閣上，對臥碧山雲。

九日客楊隄

楊隄逢九日，寂寞倍思家。俗士不解飲，濁醪何處賒。空山悲落帽，短鬢懶簪花。不見南來雁，新愁未有涯。

題雲山青隱圖

青山聳崔嵬，綠樹鬱葱倩。濛濛幽谷深，靄靄秋雲亂。顧彼衡門幽，棲遲眼中見。茫然不可即，中情良繾綣。（以上據（明）弘治八年袁文紀刊本《友石山人遺稿》一卷補。）

靈山開善寺【1】

一洞煙雲紫翠深，上方臺殿鎖秋陰。懸崖老樹鳴天籟，落澗飛泉響石琴。往事只今成感慨，浮生何幸得登臨。留衣堂上三更月，照徹昌黎萬古心。

校記：

【1】此詩輯自《大明一統志》卷八十《潮州志》。

潮陽登東山謁文信國祠【1】

南紀茫茫盡海邦，偶來登眺壯心傷。千年廟貌留芳草，萬里河山帶夕陽。風景坐餘周顗淚，詠歌難盡謝安觴。豎儒懷古應何意，讀罷殘碑一慨慷。

校記：

【1】此詩輯自明代吳仕訓《潮陽八景錄》，丁丙舊藏洪武後刻本《友石山人遺稿》末頁補。

五言絶句

晚宿楊隄舟中懷魯客

螢度星依草，鷗來霜滿汀。故人不可見，天際亂山青。

題邊道人小景

扁舟湘浦外，茅屋輞川西。冉冉春將暮[1]，滄州杜若齊。

校記：

【1】暮：文淵閣《四庫全書》本《友石山人遺稿》作"盡"。

題溪山風雨圖

紫蟿秋聲滿，滄州野水深。孤篷何處客，相對共沉沉[1]。

校記：

【1】沉沉：文淵閣《四庫全書》本《友石山人遺稿》作"沈沈"。

題風竹

月色不可掃[1]，秋聲何處聞。不應仙珮集，翠影亂紛紛。

校記：

【1】掃：文淵閣《四庫全書》本《友石山人遺稿》作"埽"。

飲牛潭

飲牛在潭上，潭底何清冽。不見洗心人，沙鷗點晴雪。

老龍潭

明月出潭上，驪珠墮潭底。蕭蕭風雨聲，蒼龍夜深起。

石明堂

帝子朝天處，明堂石鑿開。月明松影度，猶記鶴車回。

流觴曲

積翠浮煙樹，空香點石屏。清泉與白石，風景似蘭亭。

鋪錦灘

萬點飛紅雨，沿流遶石灘。猶勝春三月，武陵溪上看。

龍寺寒泉

老龍來聽法，一去幾千年。留得寒潭水，清冷古佛前。

甘立

　　甘立，字允從，生卒年不詳，元末唐兀人，入中原後，定居陳留（今河南開封），年少得時譽，公卿辟爲奎章閣照磨，至丞相掾卒。

　　生平事蹟見（元）陶宗儀《書史會要》卷七，（元）楊維楨《西湖竹枝集》，（清）顧嗣立、席世臣編《元詩選·二集》，陳衍《元詩紀事》卷十七，陳垣《元西域人華化考》，李修生主編《全元文》，翟本寬、孫順霖主編《中州書家志》，郭人民、史蘇苑主編《中州歷史人物辭典》，楊鐮、薛天緯主編《詩歌通典》，錢仲聯主編《中國文學大辭典》，呂友仁主編《中州文獻總錄》等。

　　甘立的詩，主要保存在（清）顧嗣立、席世臣編《元詩選·二集》《允從集》中。《允從集》存其《八月十一夜直省中》《寄題湖口方氏木齊》《送張文煥安定山長》《晚出西掖同柯博士賦》《送客賦得城上烏》《瓊林台爲薛玄卿賦》《送方叔高賦得長安道》《有懷玉文堂》《秋雨夜坐》《送閣學士赴上都》《送國王多爾濟就國》《郊祀慶成》《和完學士晚出麗正門》《題柯博士墨竹》《和西湖竹枝詞》《吳王納涼圖》《賈治安騎驢圖》《古長信秋詞二首》《昆明池樂歌二首》《送唐子華嘉興照磨》《送孫士元越州經歷》

《春日有懷柯博士二首》二十二首。《元詩選》選錄詩中有八首是《元風雅》卷十七所收。另外，《乾坤清氣》卷十二有《秋雨夜坐》一首，據《母音》卷九編入《題柯博士墨竹》，據《西湖竹枝集》有《和西湖竹枝詞》等。除《元詩選》二十首詩歌外，還可以輯出甘立的一些佚詩，如《永樂大典》殘帙尚錄有甘立詩三首，而且都是《元詩選》所未收的，卷二五三九收《松濤齋》。另一首甘立佚詩是《題王淵花鳥》（選自《秘殿珠林石渠寶笈合編》冊一）。陳衍《元詩紀事》卷十七收甘立詩兩首《烏夜啼曲》《和完學士晚出麗正門》。李修生全元文收錄其《題趙孟頫書過秦論》一文。

（元）陶宗儀《書史會要》卷七稱其："才具秀拔，亦善書劄。"（清）顧嗣立《元詩選》二集載："甘立字允從，陳留人。年少得時譽，公卿辟爲奎章閣照磨，至丞相掾卒。"楊鐵崖謂："允從平日學文，自負爲台閣體，然理不勝才，惟詩善鍊飭，脫去凡近，其《烏夜啼曲》可配古樂府云。"

此次點校詩以清康熙三十三至五十九年顧氏秀野草堂刻本《元詩選·二集》，中華書局 1959 年影印《永樂大典》，上海書店 1988 年影印本《秘殿珠林石渠寶笈合編》爲底本，以文淵閣《四庫全書》本《乾坤清氣集》、明洪武年間刻本《光岳英華》、清鈔本《五峰集》、明刻本《西湖竹枝集》、書目文獻出版社出版影印明稿本《詩淵》等爲校本，詩共計二十七首。本次點校文以文淵閣《四庫全書》本《書畫匯考》爲底本，文共計一篇。

詩：

七言古詩

送方叔高賦得長安道

灞陵橋上秋風早，行人曉出長安道。長安城頭烏正啼，長安陌上聞朝雞。征車遙遙行復止，征馬蕭蕭鳴不已。將軍年少美且都，黃金箭鏃雕玉弧。未央前殿進書罷，諸生拜官辭石渠。將軍歸去亦草草，長安道邊人羨好。莫憐賈誼謫長沙，不見馮唐禁中老。

松濤齋[1]

曾游海上聽松風，積雪千峰水接空。細若鳳簫雙嫋嫋，雄於鼉鼓萬鼕鼕。玉堂夜直蟾光裏，銀漢秋橫魭氣中。欲截斷槎采浩蕩，兩樵相對此濤齋。虬龍夜捲波浪驚，樵人夜半窗戶扃。撫枕不寐振衣起，碧雲擁月懸中庭，四面颯颯生秋聲。

校記：

【1】此詩輯自《永樂大典》卷二五三九。

七言律詩

有懷玉文堂 一作《有懷敬仲伯生》

眉山老仙丹丘生，三日不出風雨驚。玉文深沈發奇祕，天藻動
盪流芳英。錦鱗行酒白晝靜，金鴨焚香長夜清。秋深病久不得住，
撫卷悵望難爲情。柯敬仲有晉賢書《黃庭內景經》，因以玉文名
堂。奎章學士虞伯生製文。虞亦有天藻亭云。

送閣 一作周學士赴上都

從官萬騎擁鑾輿，東閣[1]詞臣載寶書。雨過草肥金絡馬，月
明山轉紫駝車。龍庭日近瀛洲路，灤水天高玉帝居。明日仙凡便
相隔，少年僚吏漫踟躇。

校記：

【1】閣：（明）許中麓輯《光岳英華》卷四作"周"。

送國王多爾濟就國[1]

奕世名王策駿功，遠分茅土鎮遼東。玉符金印傳孫子，鐵券丹
書誓始終。滄海斷霞通虎帳，黑河飛雪暗彫弓。莫忘神武艱難日，
四傑從容陟降同。四傑今四怯薛之祖。

校記：

【1】（元）李孝光《五峰集》卷七，題作"送國王朵兒只國王之遼东"。

郊祀慶成

圜丘親祀自吾皇，夙駕鑾輿建太常。冕服并行周典禮，樂歌不數漢文章。清臺夜奏靈光紫，温室朝迎瑞日黄。今代侍臣多馬鄭，明年應許議明堂。

和宠 一作宋學士晚出麗正門

暮光霞彩炫金題，絳闕高居雉堞低。上相樓臺連御苑，中郎車騎過沙隄。皁雕孤掠凌雲翮，紫燕雙翻踏雪蹄。回首上林涼月夜，蘂珠多是鳳鸞栖。

昆明池樂歌二首

彩鷁齊飛簇畫旗，甲光如水入雲低。長楊五柞遥相望，箛鼓歸來日每西。

博望封侯萬里還，血流青海骨如山。將軍新賜樓船印，錦纜牙檣杳靄間。

有懷貞[1]居外史

先生絶似陶弘景，結屋臨流野色新。竹外分泉僧共語，林中守杏虎能嗔。道書只許鈔來看，藥裹還堪寄得頻。見說溪頭鱖魚好，相從何日理絲緍。

按：《詩淵》二七三頁，題下共二首。其二有"吾今八十又七歲，送客短笻仍不持"之句。據（元）楊瑀《山居新話》，甘立是服丹藥防風通聖散無病而卒，應無八十七高壽。《詩淵》僅第一首注明元《師友集》，契生甘立再拜，暫未將第二首歸甘立。

校記：

【1】貞：原作"真"。《永樂大典》卷一四三八三題作"有懷貞居外史欲遇溪未能也次友人韻奉寄一首"。

七言絶句

題柯博士墨竹

巇谷春回落粉香，拂雲和露倚蒼蒼。月明後夜吹簫過，應是伶倫學鳳皇。

春日有懷柯博士二首

闔閭城外亂鶯啼，笠澤春深水滿陂。好買扁舟載圖畫，布帆東下若耶溪。

聞說新來白髮稠，茂陵多病不勝愁。吟成定似張公子，癡絶真成顧虎頭。

吴王納涼圖

六月長洲水殿涼，酒酣揮袖倚新妝。芙蓉露冷秋雲薄，回首西風響厜廊。

賈治安騎驢圖

西風烏帽鬢毿毿，拂袖長吟倚暮酣。得句不衝京兆尹，蹇驢行徧大江南。

和西湖竹枝詞

河西女兒戴罟罳，當時生長在西湖。手抱琵琶作胡語，記得吳中吳大姑。

古長信秋詞二首

缺月流光入綺疏，金壺傳箭夢回初。秦臺彩鳳無消息，桂影空閑十二除。

輦路青苔雨後深，銅魚雙鑰晝沉沉。詞臣還有相如在，不得當時買賦金。

題王淵花鳥[1]

一枝出水本天然，色映雙鴛更可憐。好似采珠臨合浦，凌波微步自仙仙。

校記：

【1】此詩輯自（清）張照等編《秘殿珠林石渠寶笈合編》一冊四二二頁。

五言古詩

寄題湖口方氏木齋

雲林生曉陰，露葉表秋凈。天清鶴能高，風急蟬更競。果落忽疑雨，交柯轉成暝。龍影翻研池，翠羽窺水鏡。幽人此優游，讀書了深性。

八月十一夜直省中

涼風生廣除，白露墜斜漢。沈沈夜氣集，皎皎月光爛。門深榮戟嚴，庭寂兵吏散。柝鳴栖雀起，階濕吟蛩亂。徘徊久不寐，感慨輒興歎。非才直承明，弱冠弄柔翰。遭逢媿終賈，漂泊類王粲。名臣鎮大藩，從事乏良算。

送張文煥安定山長

春水生雪溪，輕舠去容與。東風吹白蘋，晴煙散芳渚。飛花著

離筵，翔鷗逐柔櫓。酒闌意彌深，別至慘無語。緬彼嘉樹林，之
人事篷俎。所望崇德業，前修有遺緒。

瓊林臺為薛玄卿賦

西山有崇臺，上與雲氣通。仙人紫霞佩，導以雙青童。逍遙琪
樹林，盤礴瑤華宮。積石象玄圃，連岑搆空同。纚纚駐朝景，泠
泠度天風。丹鳳刷儀羽[1]，絳節飄瞳矓。矯首不可及，滅沒凌飛
鴻。願言授靈藥，與世無終窮。

校記：

【1】儀羽：《乾坤清氣集》卷八作"羽儀"。

初陽臺[1]

葛洪煉丹處，乃在初陽臺。喬林停玄雲，絕磴緣蒼苔。不知幾
百載，結構猶崔嵬。仰攀接飛鳥，俯視凌紛埃。東望不盈咫，金
鰲負蓬萊。午夜海色動，翕熱朝曒開。照見扶桑枝，火齊生瓊瑰。
榮光發窗戶，五彩流尊罍。北斗掛屋角，高居埶其魁。旋聞九轉
成，飛去竟莫回。欣當宿雨霽，登覽何悠哉。言歸憩琳館，涼風
應時來。外史仙之徒，鶴髮顏如孩。逍遙從兩童，羽服長毰毸。
執手論玄契，脫略無嫌猜。值茲休明期，至化被九垓。茫茫大塊
中，齷齪良可哀。終當肆心意，與子同徘徊。

校記：

【1】此詩輯自《永樂大典》卷二六〇四。

五言律詩

晚出西掖同柯博士賦

薄暮出重闈，逶遲望雙闕。輦路猶輕塵，上林已初月。悠悠文書靜，去去車馬絕。小草慙長松，承恩總無別。

送客賦得城上烏[1]

月落城上樓，烏啼樓上頭。一啼海色動一作迷，再啼朝景浮。馬鳴黃金勒，霜滿翠羽裘。烏啼在故[2]一作何處，人生多去留。

校記：

【1】送客賦得城上烏：《乾坤清氣集》卷八作"分得城上烏送張兵槽"；《西湖竹枝集》甘立小傳作"烏夜啼曲"。

【2】故：《乾坤清氣集》卷八作"何"。

送孫士元越州經歷

江樓酒欲醺，離思亂江雲。官舍山陰近，郵亭水驛分。聲華當眾望，贊畫藉多聞。退食須行樂，裁詩孰和君。

送唐子華嘉興照磨

羨子才名久，人稱老鄭虔。風流今共識，政事昔曾傳。坐幕揮談塵，移家載酒船。郡城秋水上，相望故依然。

秋雨夜坐

風雨夜窗急，庭幃秋思多。蕭蕭聞落木，洶洶度驚波。階濕吟蛩亂，檐深宿鳥過。青燈挑不盡，無奈客愁何。

文：

題趙孟頫書過秦論

右黃素《過秦論》，趙吳興楷書第一。神情蕭散，結構麗整，誠希世珍也。晚生甘立書。

完澤

　　完澤，字蘭谷，陳垣《元西域人華化考》又作"蘭石"，西夏
唐兀氏。仕元，曾官平江路一字翼萬戶府鎮撫，參與鎮壓汀州路
農民起義軍的戰爭。約生活在元末明初。爲人廉謹尚義，聰明過
人，善讀書，尤工於詩律。

　　生平事蹟存（清）孫承澤撰《元朝人物略》，（清）汪輝祖撰
《元史本證》，（清）顧嗣立、席世臣編《元詩選・癸集》，陳衍輯
撰《元詩紀事》卷二十四，王叔磐《元代少數民族詩選》，柯劭忞
《新元史》，陳璨《西湖竹枝詞》，周紹祖主編《西域文化名人
志》，高文德主編《中國民族史人物辭典》等。

　　此次點校詩以清嘉慶三年席氏掃葉山房刻本《元詩選・癸集》
爲底本，詩共計二首。

七言絶句

和西湖竹枝詞

花滿蘇堤酒滿壺，畫船日日醉西湖。阿儂最苦兩離別，不唱黃鶯唱鷓鴣。

和西湖竹枝詞

堤邊三月柳陰陰，湖上春光似海深。游人來往多如蟻，半是南音半北音。

邾經

　　邾經，字仲誼，又字仲儀，號玩齋，別號觀夢道士、西清居士，吳陵（今江蘇泰州）籍，隴右（今甘肅隴西）人，自稱"西夏邾經"。至正間爲鄉貢進士，任平江路儒學錄。元明之際，寓居杭州。明洪武四年（1371）充江浙考試官。權衡允當，士林稱之。洪武十一年（1378）至京師就養於其子。博聞强記，工詩文，擅八分書，善琴操，能隱語。有《觀夢集》《玩齋集》行於世，名重一時，今均佚。雜劇有《死葬鴛鴦塚》《西湖三塔記》《胭脂女子鬼推門》，僅《死葬鴛鴦塚》存曲詞二套。

　　邾經生平事蹟在（元）賈仲明《錄鬼簿續編》，（明）沐昂《滄海遺珠》，（清）錢謙益《列朝詩集小傳》，（清）朱彝尊《靜志居詩話》，（清）錢熙彥編《元詩選·補遺》戊集，（清）陳田《明詩紀事》，孫楷第編《元曲家考略》，隋樹森編《全元散曲》等均有記述。

　　明初沐昂編《滄海遺珠》，輯明初徙滇詩人作品，以邾經爲首，錄《題顧定之墨竹》《題讀圖碑》《題蘆花散人小像》《題畫梅》《題澄碧樓》《題唐伯剛貫月軒》《奉同謝雪坡次韻楊孟載》《走馬燈》《題蘭亭長詠圖》《題映雪圖》《三友圖》《呂德叔小小齋》《題畫》《題桃花白頭翁》《題桂花十二紅便面》《題纨扇美人》《絡緯圖》等詩。（清）錢熙彥編《元詩選·補遺》戊集，录其詩《寄席帽山人題澄江舊稿》《爲張藻仲題高文璧畫抱琴圖并序》《婁東述懷寄玉山》《題馬遠四皓弈棋圖》《題盛叔章畫》《寄德機判簿》《孤山帆影》《驪渚漁燈》《陪呂志學曾彥魯劉仲原登虎丘賦呈居中長老》《子貞還示佳章見寄因次韻以復克用高尚先生》《方存鐵贈朱伯盛》《嘗海軒詩》《舟中聯句》等。郝經見於其他文獻中的詩文作品還有《青樓集序》《題〈錄鬼簿〉》。

　　此次點校詩以文淵閣《四庫全書》本《滄海遺珠》爲底本，以中華書局 2002 年出版（清）錢熙彥編《元詩選·補遺》爲校本，詩共計三十首。曲以中華書局 1960 年影印本《錄鬼簿》爲底本，共計小令一支。文以中國戲劇出版社 1990 年版《青楼集箋注》爲底本，共計一篇。

詩：

七言古詩

寄席帽山人題澄江舊稿

半山昔拜少陵像，謂公詩與元氣侔。後五百歲無繼者，元氣茫

茫散不收。我朝詩派因中州，氣節首推劉靜修。宋季陋習茲一洗，
天運亦復詩家流。楊趙馬范虞揭歐，金華甫田誰與儔。亂來風雅
多衰落，喜向澄江聞櫂謳。澄江寄帽同羊裘，風塵之表從天遊。
每和君山老父笛，不換華頂仙人舟。有時擊節驚陽侯，百怪莫敢
窺十洲。鯨波可蹈惜沉劍，鼇嶠欲蹋思連鉤。澄江浪高江月浮，
江神迎櫂風颼颼。雲機上割天孫錦，底用枯槎橫斗牛。放歌濯足
銀河秋，泂沿不爲澄江留。誰道澄江凈如練，我視澄江真若漚。
此日相逢東海頭，東海纖塵生我眸。醉擊珊瑚碎蓬礫，笑委鮫珠
輕博骰。俗淫世靡吾所羞，孤鳳默默羣鳥啾。夏舠一扣海能小，
祖橛載誓天何尤。澄江櫂歌歌未休，凝碧管絃非所憂。君詩匪予
得稱好，贈言請視今汪周。

爲張藻仲題高文璧畫抱琴圖（并序）

　　至正乙巳歲二月未盡三日，藻仲張君宣奉青衣相君命，載酒訪
余華亭。以三月始禁酤，乃留縱飲。上巳日，抵余草堂，過高文
璧。翼日，高君寫《抱琴圖》，以贈藻仲。余爲賦詩。

　　聽鶴亭前春澹沱，宿雨猶含百花妥。已愁三月酒船空，宣也抱
琴能覓我。爲言來自青衣洞，載得官醪滿書舸。青衣仙人期遠遊，
紫鷥將軍尚虛左。老夫久矣厭芻豢，從之欲乞丹砂顆。孰云仙佩
不可攀，洞天茫茫雲久鏁。祇緣酤禁日以迫，爾尊我罍視猶夥。
便須秉燭夜相繼，過此將無生酒禍。老夫自適無何鄉，故不飲醇
今亦頗。阮宣杖頭每獨挂，陶令紗巾不曾裹。三泖平分碧玉壺，
九峰半落芙蓉朵。從人拍手呼醉翁，寫入新圖無不可。胡爲高璧
忘吾形，只畫張宣遣么麼。宣也亦復頋而瘝，畫作修髯知則那。
想當下筆天機精，夢蝶軒中盤礴裸。不畫鄰翁吏部縛，不圖醉錦

劉伶荷。爲寫抱琴山水間，意者於吾猶未果。譬如山林同此情，自惜老夫身懶惰。宣乎豈是王門伶，聊復塵中客裾扡。朱絃清廟爾當薦，金馬朝登夕青鎖。百年禮樂崩且壞，誰其興諸悲培軻。鍾期伯牙寧後遭，餘子眼中螟與蠃。高君宿昔號酒狂，過肆相牽傾白墮。自經喪亂賴酒活，今則禁之何蜑倮。便携張生入山去，石上彈琴松下坐。松肪釀熟中山醪，商顏采芝當蔬蓏。生不我留呼酒查，望入雲漢星侈哆。莫過牽牛談世事，但恐笑人如鱉跛。吾嗟高君真不凡，遊戲丹青出兵火。後天有約醉尋真，可能同鼓蓬萊柁。

題馬遠四皓弈棋圖（并序）

　　青溪翁載雨相過，出此圖，要余同賦。余不能詩，雖竭駑力，豈能追逸足之塵哉，愧亦甚矣！前楊、後楊，浦城、會稽二先生云：

　　溪翁袖圖舟雨泊，過我徵詩詠商雒。時危每憶藍田山，白首長吟向寥廓。秦中四卷是耶非，風塵於歸如可作。史稱爾皓逸姓名，采芝曾歌山漠漠。巴園橘叟何誕幻，自云不減商山樂。

　　象戲寧爲黑白棋，畫手無稽傳迺錯。老夫達人苦好弈，見畫應疑身有託。商隱巴仙竟兩忘，姑遂平生一邱壑。賦詩獨也愧凡近，前楊後楊學能博。卷圖揖君往放舟，九峰無雲有鳴鶴。

營海軒詩

　　兵後澄江失敝廬，何曾奏策似隨初。丈人舊憶河間渚，營海新題泖上居。滬瀆山橫遺戰疊，松江水近足羹魚。慣聞地與潮聲轉，時見龍將雨氣噓。槎路不通星是客，桑田頻改日愁予。螺舟莫厭過從數，我亦羈窮欲著書。

題顧定之墨竹

虎頭諸孫總痴絕，老安不痴乃用拙。憶在吳中寫墨君，雪楮冰縑每飄撇。妙處不減文湖州，同時更有柯丹丘。眼底只今無此客，使我悒悒懷風流。蒼梧想見斑竹活，看畫忽焉憂思豁。安得二老從之遊，搔首涼風起天末。

題讀碑圖

孝娥碑在曹江濱，誰其作者邯鄲淳。中郎八字因贊美，後來索隱寧無人。老瞞久欲窺神器，既見此碑心若愧。較三十里乃遁辭，姦雄實憚楊修智。修乎修乎智有餘，用之治世將無如。露才揚己古所忌，況復漢賊基黃初。今我憮然觀繪墨，懷賢爲爾傷雞肋。研磨銅雀臺上瓦，點染霜毫動秋色。絕妙好辭天下無，異代讀碑傳作圖。長歌落日西風起，酒酣擊缶聲嗚嗚。

題蘆花散人小像

朔雲化石忽五彩，石也能言泣真宰。玉堂調笑辭金魚，月冷西湖醉魂在。風流憶爾承平時，接䍦倒著驢倒騎，仙遊何處驚墮影。秋空冥冥如見之，黃鶴飛鳴杳無跡。西風滿地蘆花白，玉龍吹斷不可招，空掩畫圖三歎息。

題畫梅

疎烟小暈生瑤島，仙鑑星明試粧早。雲母圍風曉未寒，玉龍嘶天春不老。憶昔相逢萼綠君，別來珠珮留蒼雲。素鸞驚舞月破碎，瓊臺歌斷音紛紛。靈媛解點玄霜汁，粉靨冰花照人濕。返魂竟失篋中香，翠羽悲啼聲轉急。紛吾欲下巫陽招，楚騷遺恨湘川遙。書憑鳳女雙飛翼，淚掩鮫妃一尺綃。

五言排律

婁東述懷寄示龍門上人玉山居士

寂寞婁東寺，經過歲暮時。後彫霜柏古，亂點石苔滋。方外尊吾友，龍門得老琦。十年今幾遇，早歲故相知。震澤三江入，虹橋五色垂。水西春酒熟，花下晚尊移。聯句應題竹，留餐更折葵。那知俱是客，各以業爲師。蓮社招呼費，茆堂出處卑。也馳支遁馬，而向習家池。何物譏臣朔，如人舞怪逶。遂令兄弟急，豈但友生疑。落落情偏好，悠悠事莫期。參商天上路，萍梗海之涯。嚮憶身猶白，前修道不緇。君攀獅子座，我把桂花枝。吳子非無學，周胥亦有爲。龍泉終再合，豹管未容窺。泥滑雙扶屐，燈明共弈棋。笑言方款洽，交誼更堅持。好客囊羞澀，捐人佩陸離。初筵俄列豆，屢舞竟揚觶。醉揖都輕別，醒吟每重思。優哉聊復

爾，舍此欲何之。伐木鳴幽鳥，械篛寄阿誰。玉山投美璞，珠水
照摩尼。爲説饒清事，從遊盡白眉。載觀名勝集，多是故人詩。
自笑如張翰，何煩識項斯。江帆風去逆，琳館雨留遲。紫研玄香
潤，紋窗棐几宜。翔鸞開粉紙，直髮引烏絲。燕坐書成癖，窮探
字識奇。雄文毛穎傳，小隸武梁祠。韓柳文章在，雲龍上下隨。
兩家才并立，千喙語難追。小子真狂簡，前賢詎點嗤。百金寧取
直，三絕且聞癡。漫與非神品，居然奉令儀。異時傾孔蓋，八字
讀曹碑。回首高飛隼，行歌倒接䍦。剡溪歸盡興，泌水樂忘饑。野
閣延疏廣，韋編拾散遺。儒冠傲軒冕，農耒力菑畬。明月懷人遠，
長林鼓瑟悲。平長要久契，翻覆訝羣兒。願把平生意，毋求小有
疵。矢心同白水，披腹獻丹墀。把訣寒潮上，還家夜雪吹。上人
逢顧愷，憑謝拙言辭。

五言律詩

題澄碧樓

燕入雨侵簾，鷗棲[1]月近簷。白紵三泖曲，青隱九峰尖。
夏簟風漪展，春醪雪乳拈。元龍憐遠[2]客，高卧想無嫌。

校記：

【1】棲：《元詩選·補遺》作"栖"。

【2】遠：《元詩選·補遺》作"遠"。

寄德機判簿

十載無家客，東西幾播遷。已拚書馬券，留作買山錢。
處處荊花好，枝枝棣萼連。將車日來往，便比草堂前。

五言絕句

呂德叔小小齋

齋居不自大，容此眇然身。泛覽乾坤內，俱爲逆旅人。

題蘭亭長詠圖

蘭亭已榛委，衣冠非昔年。吁嗟觴詠樂，猶託畫圖傳。

題暎[1]雪圖

夜雪明書几，寒風入縕袍。如何燒鳳蠟，只解飲羊羔。
校記：
【1】暎：《元詩選・補遺》作"映"。

三友圖

冰雪淡相看，心期許歲寒。莫同桃李伴，容易及春殘。

七言絕句

題桃花白頭翁

前度劉郎阻勝遊，漫歌風雨替花愁。自憐人與春俱老，底事幽禽也白頭。

題桂花十二紅便面

金粟枝頭十二紅，何年飛向廣寒宮。素娥只愛青鸞舞，且近瓊樓立晚風。

題紈扇美人

蝶粉蜂黃滿眼新，小園微步不勝春。白團欲把歌唇[1]掩，生怕流鶯也妒人。

校記：

【1】唇：《元詩選·補遺》作"脣"。

題絡緯圖[1]

牽牛風露滿籬根，淡月疎星夜未分。燈下有人拋錦字，機絲零亂不成文。

校記：

【1】《元詩選·補遺》題爲"絡緯圖"。

題畫

隱者山林得静便，松風不動興悠然。竟將塵事拋身外，只許泉聲到耳邊。

七言律詩

方寸鐵贈朱伯盛

朱君手持方寸鐵，橅印能工漢篆文。并翦分江龍噴月，昆刀切玉鳳窺雲。

他年金馬須承詔，此日雕蟲試策勳。老我八分方漫寫，詩成亦足張吾軍。

題唐伯剛貫月軒

使君文采欻翩翩，投檄歸來志浩然。新搆[1]鳳麟洲上屋，恰如書畫米家船。

干將破壁龍俱化，脉望飛空蠹亦仙。更試囊中五色筆，桂花香露洒銀箋。

校記：

【1】搆：《元詩選·補遺》作"構"。

題盛叔章畫

十峰繞溪嫌地迮，桃源路迷尋不得。應疑何處出人間，青天遥遥白雲白。

淵明寓言吾已知，賢者辟世夫何爲。太平之民總朝市，猿鶴山中空怨咨。

孤山帆影

一點凉青入望遥，檣烏飛處白生潮。竺僧有道元非妄，海賈爲文不可招。

衆鷥乘波俱出没，大鵬擊水共扶摇。三山無恙麻姑説，幾度枯桑候老樵。

驥渚漁燈

漁舟薦宿傍清江，燈火熒煌月一窗。素燄映沙光耿耿，餘輝照水影雙雙。

初看髣髴分螢火，靜玩方能辨釣缸。猶訝然犀牛渚畔，朱衣躍馬不能降。

奉陪志學彦魯仲原三君同登虎邱漫賦長句就呈居中長老

虎邱山前新築城，虎邱寺裏斷人行。胡僧自識灰千劫，蜀魄時飄淚一聲。

漸少松杉圍窣堵，無多桃李過清明。向來遊事誇全盛，曾對春風詠太平。

奉同謝雪坡次韻楊孟載

紫薇花下月波凉，謝傳風流錦作裳。況有鳳團新賜茗，猶餘雞舌舊含香。

仙槎杳杳秋無際，宮漏沈沈夜未央。荅[1]贈揚雄詩句好，野人傳誦下吳航。

校記：

【1】荅：《元詩選·補遺》作“答”。

走馬燈

清時[1]何事及宵征，人馬蕭蕭夜向明。歷塊風前微有影，銜枚月底寂無聲。一身戰轉三千里，數騎看爲百萬兵。待得燒燈佳節過，烽烟永息賀昇平。

校記：

【1】清時：《元詩選·補遺》作"時清"。

子貞還示佳章見寄因次韻以復兼用高尚先生

單子來歸自笠澤，爲説虞君猶遁栖。青城從子識丹鳳，西郊草堂懷碧雞。

後會驚看絲鬢改，新詩煩向錦箋題。絕憐三泖冬無雪，肯學山陰夜泛溪。

五言聯句

舟中聯句（并序）

洪武庚戌臘月八日，余與邵復孺先輩自雲間之澄江。早發向吳門，掛席波上，甚適也。因相率聯詩，以攄客懷。日夕過蘇臺，窮其韻而成章。凡得句百有廿，興之所至，罔計工拙。江空歲晚，孰知吾二人清苦若是哉！諒天地必有同其情者，隴右郏經仲誼識。

　　歲晏冰雪稀，天空水雲闊。扁舟戒行李，邵。遠道舍祖軷。度泖淩鷗波，郏。橫江蕩魚沫。晴暾弄熹微，邵。明霞入灝瀁。村迷辨煙樹，郏。林響聽風栝。連隄半隳隓，邵。亂石互排掕。感茲物色瞁，郏。疑若鬼神奪。蕭疎見古寺，邵。狼籍遺壞闥。替戻塔語鈴，郏。跚趺堂散盇。誰將拂盤陀，邵。我欲叩菩薩。了知空即幻，郏。奚謂悟始達。獨景人是非，邵。經途客心怛。憶昔兵構患，郏。念此民苟活。流離且無家，邵。瘕痏仍有筶。虎寧泰山畏，郏。雞豈武城割。待旦苦漫漫，邵。書空愁咄咄。旋瞻太平治，郏。遂及阨運豁。造化終含情，邵。生聚毋蹙頞。夏鼎爍神姦，郏。秦鏡走妖魃。吾徒恒汩沒，邵。斯世暫超脫。侯門斂長裾，郏。甿里混短褐。棲遲甘海陬，邵。飛騰阻天末。企望麻姑鵬，郏。悵閔李斯猲。禍福信倚伏，邵。貧賤逃夭閼。虛名自成累，郏。逸氣孰可遏。頻年頗好道，邵。長日頓忘渴。琴心舞胎仙，郏。筆陳馳叱撥。幽蘭紉佩纕，邵。芳草結屨鞈。瓦彝族香屑沈，郏。甕斗松蟠栝。衡茅讓山藻，邵。團蒲勝罽氈。芸編飽叢蠹，郏。槎梁漏羣獺。野鳥資笑歌，邵。林蜩供巧掇。晞髮傲三沐，郏。充腹儲七糲。荷風揮白團，邵。桂月整緇撮。掃華坐裴回，郏。問竹行跋躐。衣防棘籬鉤，邵。屐慮蘚磴滑。樵漁從往還，郏。鄰里謝喧聒。童沽眪持券，邵。客醉狂褫襪。卒歲每怡愉，郏。安時靡乖刺。徒步猶履屩，邵。清談已囊括。獰額固可探，郏。猛鬣慎毋捋。逍遙憚拘撿，邵。老醜倦塗抹。涸鮒肯貪餌，郏。罷驥恥受秣。澹然忘戚忻，邵。展也釋嗔喝。溪翁故相能，郏。隴士今有佸。及蒅繼郏盟，邵。蕳棠思召芰。北征唐爾愧，郏。南音楚誰撻。漫歌車搖搖，邵。何歟流活活。周道尚逶遲，郏。吳臺空巑岏。五湖悁陶朱，邵。八陣失諸葛。載陽麋縱遊，邾。無詠狼蹇跋。舊夢已銷沈，邵。清氛尚轇轕。顏跖悲蒙莊，邾。羿羿嗟魯迻。君子懷遊從，邵。城闕記挑達。斯辰當臘蠟，邾。于夕叫寒鴣。嚴飈轉帆席，邵。斜暉在篷笡。既空凫鴈聚，邾。徒詠鱣鮪鱍。心驚玄冥沍，邵。目伫青陽潑。原同松柏貞，邾。不改薑桂辣。搔首一長吟，邵。乾坤莽回斡。邵。

小令

【雙調】蟾宮曲·題錄鬼簿

可人千古風騷，如意珊瑚，蒼水鯨鰲。紙上功名，曲中情思，話裏漁樵。嘆霧閣雲窗夢窈，想風魂月魄誰招。裹驪珠泪冷鮫綃。續冰弦指凍鸞膠，傳芳名玉兔揮毫，譜遺音彩鳳銜簫。

文：

青樓集序

君子之於斯世也，孰不欲才加諸人，行足諸己，其肯甘於自棄

乎哉？蓋時有否泰，分有窮達，故才或不羈，行或不揜焉。當其
泰而達也，園林鐘鼓，樂且未央，君子宜之；當其否而窮也，江
湖詩酒，迷而不復，君子非獲已者焉。我皇元初并海宇，而金之
遺民若杜散人、白蘭谷、關已齋輩，皆不屑仕進，乃嘲風弄月，
留連光景，庸俗易之，用世者嗤之。三君之心，固難識也。百年
未幾，世運中否，士失其業，志則鬱矣，酤酒載嚴，詩禍叵測，
何以紓其愁乎？小軒居寂，維夢是觀。商顏黃公之裔孫，曰雪蓑
者，攜青樓集示余，且徵序引。其志言讀之，蓋已詳矣，余奚庸
贅。竊維雪蓑在承平時，嘗蒙富貴餘澤，豈若杜樊川贏得薄倖之
名乎？然樊川自負奇節，不為齪齪小謹，至論列大事，如罪言，
原十六衛，戰守二論，與時宰論兵，論江賊書，達古今，審成敗，
視昔之平安杜書記爲何如耶？惜乎天憗將相之權，弗使究其設施，
迴翔紫薇，文空言耳！揚州舊夢，尚奚億哉。今雪蓑之爲是集也，
殆亦夢之覺也。不然，歷歷青樓歌舞之妓，而成一代之艷史傳之
也。雪蓑於行，不下時俊，顧屑爲此。余恐世以青樓而疑雪蓑，
且不白其志也，故并樊川而論之。噫！優伶則賤藝，樂則靡焉。
文墨之間，每傳好事；其湮沒無聞者，亦已多矣。黃四娘託老杜
而名存，獨何幸也！覽是集者，尚感士之不遇。時至正甲辰六月
既望觀夢道人隴右朱經謹序。

鄔密執理

鄔密執理，字本初，河西人，隱居賀蘭山，至正初爲集賢待制，後遷行樞密院僉書。生平事蹟存釋來復輯《澹遊集》卷上。

此次點校詩以清瞿氏錢琴銅劍樓鈔本《澹遊集》爲底本，詩共計一首。

五言古詩

滿上人歸定水謗賦五言四絶奉寄見心禪師方丈

不到慈溪寺，于今已六年。遙知龍象集，花雨擁諸天。最愛雙峰老，清名海上聞。悠然超物表，高臥越山雲。一室桂花下，天香滿衲衣。何時解簪笏，來觸箭鋒機。自作江南客，長思浙水東。月團三百片，好爲寄盧仝。

爕理俞詢

    爕理俞詢，河西人，受府辟爲統軍經歷。爕理"廉而文，工水墨，慷慨自負，惜武略非所長"，有七言詩《孤隼歎》存世，系諷刺州同知托歡達實蠻"挾奸吏，玩寇營私"，抒發自身鬱鬱不得志之情緒所作。

    生平事蹟存文淵閣《四庫全書》本周霆震《石初集》卷二。

    此次點校詩以文淵閣《四庫全書》本周霆震《石初集》爲底本，詩共計一首。

七言古詩

孤隼歎

    爕理俞詢，河西人，白衣受府辟，以統軍經歷來壁，吾鄉州同知托歡達實密者，貪冒喪師，律當坐，徼倖以賂免，營求繼至，故撓其權，迫使他去挾姦吏，玩寇營私，民稍自給者，不幸爲吏所知，即中以奇禍，盡覆其家，慨思爕理不可已。爕理廉而文，工水墨，慷慨自負，惜武略非所長。

河西萬里來孤隼，側目烟埃心未逞。黠梟自詭產陰山，失勢包羞苟逃命。咄哉隼去梟獨留，引類呼儔肆殘忍。毒蛇見面即喚名，恠蟲含沙工射影。十家屏息九杜門，恨不移居托智井。梟鳴餧囟羣飛翔，草間狐兔儘陸梁。細思物極理當反，安得儀鳳鳴朝陽。嗚呼，安得儀鳳鳴朝陽。

琥璐珣

琥璐珣，一作虎璐珣，祖籍甘肅河西，東遷汴梁（今開封市）。他是一位學習中華文史，熟悉音律而又鮮爲人知的詩人。曾游歷祖國大江南北，足蹟遠至嶺南肇慶府（治所在今廣東高要縣），直達南海之濱的陽江縣（今屬廣東）。他借嶺南名山秀水，探幽攬勝，賦詩紀游，晚年不知所終。他的詩作在《肇慶府志》《元詩選·癸集》僅存兩首。

生平事蹟存《四朝詩》卷七三，周紹祖《西域文化名人志》，張永鍾《河西歷史人物詩話》，李明《羌族文學史》等。

此次點校詩以續修《四庫全書》本（道光）《肇慶府志》爲底本，詩共計二首。

七言絕句

羅琴山

三尺絲桐月夜彈，一聲清響落空山。仙翁自歎知音少，兩袖天風跨鶴還。

熙春臺

亂峰東去奮蒼龍，一水西流走玉虹。向日熙春臺上樂，年來孤負幾東風。